迷いながら揺れ動く女のこころ

勝正

幻冬舎 MC

三人で夕食のテーブルを囲んでいた時、悠真が明るい表情で「今日の煮魚は美味しいね」と美月の方に目線をやりながら言った。それまで黙々と箸を動かしていた美代子も「本当に美味しいわ、美月さん何というお魚ですか？」

「今日は自由が丘の市場まで出かけて、鮮魚店の旦那が超お勧めだよということだったので買いました。アマダイと言っていました」

悠真が「上品な味だね」と箸を止めて美月に視線を送った。

「鮮魚店の旦那が、『京都では名前が違うんだよ、グジと呼んで、高級な料亭なんかでお吸い物や焼きものに使われる』と言っていました」美月は自分が選んだ食材をほめられたことで気分が良かった。

「いい食材はそれなりに美味しいものなんだね」と悠真が言うと、美月が少しむくれたような表情をして、悠真に向かって「味付けは二の次なんですか？」と不服そうに言った。

悠真はなだめるように「そうじゃないんだ、素材と味付けで素晴らしい完成品になるんだ」

「そうですよ」と美代子も援護して、「素材を選ぶのも料理人の腕ですよ」と言いながら珍しく三人の会話が普段殺風景な屋敷に和んだ雰囲気を作り出していた。

普段、口数が少ない美月が「美代子さんのスペイン旅行の話を少し聞きたいわ」と突然切り出した。悠真も「アンダルシアの食文化に興味あるなあ」

美月が「お茶を入れ替えますから」と席を立った。「皆さん日本茶でいいですね？」と一応確認をとるため横並びに座っている二人を見た。悠真が「お願いします」と小声で応じた。

美代子はおもむろに旅行について話し始めた。

「三年前、サスペンスのテレビドラマを見ていたのですが、それがアンダルシアが舞台だったんです。そこの白壁の景色や細い入り組んだ路地の景観がいつまでも脳裏に焼き付いていて、いつか行ってみたいと思っていたのが今年の夏に実現したんです。嬉しかった。でも現地へ行ってみると今年は異常気象で七月後半から八月初旬には四十度を超える最高気温に遭遇してびっくり。暑さはたまらなかったけど、テレビで見たベージュにも見える少しすすけた白壁の古い建造物や歴史のある教会、そしてまた石畳のある町、どれも南欧を感じさせるものばかりで興奮しました。

食事も日本でも有名なパエリアそしてブイヤベースなど、本場の味を堪能しました。パエリアなんて直径五十センチぐらいの大きなフライパンで多人数分作り、お店のシェフがわざわざテーブルまで持ってきてパエリアのおこげ具合を見せて、これが一番、と日本語でサービスしてくれたんですよ。また、ブイヤベースには多種類の魚介類を入れているから味が複雑に絡み合ってとっても深みがあり、日本では味わったことが無いものでした」

美代子はここまで一気に話し「全てを話すと夜中になってしまうから、続きは今度にしますね」

美月が目を輝かしながら美代子の話を聞いていて「私も行ってみたい。私は高校の修学旅行で京都・奈良に行ったのが最後だから、外国なんか夢のまた夢だわ」と美代子に目線を送りながら嘆いてみせた。

悠真が美月の悲しそうな表情をみて、「そうだよね、美月が山形家に来てから二十年余りになるからね、世話ばかりかけたから、近い内にまとまった休みを取ってもらうよ。お友達と温泉旅行や海外でも行くといい」

「ありがとうございます。嬉しいですわ、でも、私、親しい友達がいないんですよ。

家の中が仕事場だから、外へ出ないから。でも美代子さんのように一人旅もいいですね」

美代子が「そうですよ、一人旅でも現地で友達も出来ますよ。私も今回の旅で旅行に参加した中にお一人さんもいましたから、すぐに友達になれますよ」

悠真が「心配なんかいらないよ。それより先ほど美代子がおこげの話をしていた、パエリアを食べてみたいね、美代子作れるでしょう?」と難題を振ってきた。

美代子は自信がなかったが、少し間をとってから「まだ、今ならアンダルシアで見た大きなフライパンを思い出しながら、頭の中でレシピを組み立ててみるわ。あのおこげの具合が大事だから、そして熱せられたオリーブオイルの香りを思い出してみる」

「楽しみだなあ、美月に具材の買い出しを頼めばいいよ」

「美月さん、買い出しに自由が丘の市場へ一緒に行きましょうよ」

「美代子さんがご一緒だと力強いです」

美月は、これまで台所のことは一切、自分一人で仕切って来たので、美代子と買い物に出かけるのは初めてで、嬉しくもあり、一方で自分の領域を侵食されることに一抹の不安もあった。

「それでは美代子さんの都合の良い日に声を掛けてください」

「分かりました」

美代子は、パエリア作りを承諾したが、本当にスペインで食べたようなおこげたっぷりな美味しい料理が出来るのか不安だった。これまでも独身時代から食事の支度は母がやってくれていて、自分はただの食べる人だったから。でも、外食などで美味しい料理は食べてきたので味覚には自信があった。

自室に戻りパソコンでパエリアのレシピを検索してみた。料理サイトにはたくさんのレシピが列挙してあり、アンダルシア地方のパエリアに絞り込んで、あの日のレシピに近いと思われる項目に目が留まった。早速、ポイントをメモ用紙に書きとめた。ふと時計を見ると一時間も検索に没頭していた。

気になっていたことがあったので美代子は急いでパソコンを閉じて、主人の入浴介助のことを考えていた。正直、入浴介助がどんなものか美代子には想像も出来ない。でもスペイン旅行から帰った後で主人に「明日から入浴介助は私がやります」と言ってしまった。一時の気持ちが高揚している時に衝動的に言ってしまったのかもしれないが、やはり不安だった。普段から美月さんにそれとなくどんな風にしているのか聞いておけば良かった。

山形家の風呂場には、やたら手すりがいろんな場所にいろんな角度についていることは知っていたが、それぞれの手すりの役割まで分からない。美代子は車いすのまま風呂場で主人の背中を洗う程度と理解していて、入浴プロセスを頭の中でシミュレーションしていて湯船に入る時の介助が想像出来ない。主人は上半身は健在だから両腕にも力が入るのだろう、そのために手すりが用意されていて、浴槽にも座れるように段差が設けてあったのを知っていた。男性の体は重いから自分が支えられるか心配だ。いろんなことが浮かんできてなんとなく憂鬱な気分になっていた。

自分でやるといったからには弱みを見せるわけにはいかない、でもどうしても行き詰まったら、ＳＯＳを発して美月の応援を呼ぶ覚悟を決めた。

しばらく自分の部屋でテレビのニュースを見てくつろいでいる時、主人の部屋との境のドアをノックする音がした。ドア近くに行くと主人が「あと十分位で風呂に入る準備が出来るから」とドア越しに声を掛けた。「ハイ、分かりました」と応え美代子は自分も介助に都合がいいように半パンとTシャツに着替えた。美代子は戦闘モードに入って、いつでもOKな体制は取ったものの、不安になり心なしか体が硬くなっていた。

ドアをトントンとノックして主人の部屋に入り「じゃあ行きましょうか」と言い、車いすのハンドルを持って風呂場へ向かった。美代子は「軽いんですね」

「そうだよ、室内用は廊下の上を動かすからタイヤも細いんだよ」

悠真の体が不自由になったときにリフォームして、洗面所や風呂場も広くしてバリアフリーになっているから、車いすでの移動も室内のドアの開閉も軽く、一人での行動が安易な設計になっている。風呂場で滑って事故でも起こらぬよう滑り止め仕様の床になっていて、さらに浴槽が半地下のように、出入りが容易な工夫がなされていた。美代子は自分が主人の入浴介助をすることなど、考えてもいなかったので、普段は気にも留めないで当たり前のように入浴していたことが恥ずかしく思った。

美代子は入浴用のバスローブを悠真が脱ぐのを手伝って風呂場に入った。

「悠真さん段取りについて指示してくださいね」

「分かったよ。先ず頭から洗うか。私用のシャンプーはそこの緑色のキャップのボトル、このシャンプーは弱酸性でボディにも使えるんだ。だから頭を洗いながら体もそのあぶくで洗うから便利なんだ」

「そうですか。私なんか三つも使い分けていますよ。頭、顔、ボディとね」

美代子は恐る恐る悠真の頭にシャンプーをかけて、洗い始めた。背中に洗剤を広げてタオルで広い悠真の背中をごしごしこすった。

「そんなに強くこすらなくてもいいよ。毎日風呂に入っているから、撫ぜるようでいいんだよ。体の前の方は自分で洗うから」

「分かりました。それでは頭をシャワーで流しますね」そう言いながら美代子はシャワーのホースを左手で軽く持ち水流を強にした。その時シャワーヘッドが水流に負けて向きを変えて美代子の上半身をびしょ濡れにしてしまった。驚いてヘッドをしっかり持ち向きを悠真の頭に当てて洗剤を流した。

一瞬の出来事で、美代子のTシャツがびしょ濡れになり、下半身の半パンまで水が浸みてしまった。見かねた悠真が「いっそのこと、そんなに濡れたんじゃ美代子も風呂に入ればいいよ」と衣服が濡れてしまった姿を見て面白がった。

「そうですね、悠真さんを湯船に入れたらそうします。でもちょっぴり恥ずかしいですね」と言い、照れ笑いでその場を繕った。

悠真を湯船に入れる介助は大きな体を背後から支えながら、浴槽の座る位置に移動させ、ふうっとため息をついて、思い切って濡れた衣服をその場で脱いで、湯の温度を少し高くしてシャワーを気持ち良さそうに浴びた。

悠真が「入浴介助を初めてやってみての感想はどう?」と聞いてきたがシャワーの音でよく聞こえなくてもう一度聞き直した。「何ですか?」

「入浴介助はどうだったか? と聞いたの」

「美月さんの御苦労が分かりました。感謝ですね」

「彼女は二十年のキャリアのベテランですよ。君は毎日続けられる?」

「考えてみます」

美代子は少しでも自分の裸の姿を悠真に見られたくないので、シャワーを頭からジャージャーとかけながら、自分には入浴介助は向いてないな、と悟った。そして照れ隠しのつもりで、「ここ一年、運動不足がたたってお腹に贅肉が付いてしまったわ。何とかしなくちゃね」と背後の悠真の視線を気にしながらお腹まわりにたっぷりの泡を作り独り言を言った。

浴槽の中から悠真が「時間がたっぷりあるんだからフィットネスクラブでも行ったらいいよ。近くではたまプラーザに〝グリーンジム〟があるよ。あそこは大手の会社が経営していて田園都市線沿線の奥様達に評判だよ」

「行ってみようかしら、週一なら大丈夫よね」

美代子は悠真の方から勧められたので、行動に移しやすかった。以前より興味があったがなんとなく遠慮して自ら言い出せなかった。普段何もしないで家の中ばかりで過ごしている自分が少し退屈になっていた。これまでは週一回のパステル画教室通いは友達の結衣にも会えるのでこれまでは唯一の息抜きになっていた。

風呂場の外から「大丈夫ですか」という美月の声がした。美代子は風呂場のドアを少し開けて「何か?」

「いや、あまりにも長い時間経っていたので、つい心配になりました。大丈夫？代わりましょうか？」

「すみません、何しろ慣れないものだから。もうすぐ上がります」と慌てて返答した。

悠真が「美月が心配したんだね。彼女は毎日のことで慣れているから素早いんだよ。それに今日は美代子がシャワーヘッドのお陰でびしょ濡れになったから、まさか美月は君が一緒に風呂を使っていることなど、知らないからね」

「美月さん、変に思っていないかしら。介助だけならすぐ終わると思っていたでしょうから」

「何も気にすることはないよ」

美代子は悠真を浴槽から車いすに移動させ、素早く身支度を済ませて自室に戻った。

部屋に戻るなり、ベッドにうつ伏せに倒れ込むように体を投げ出した。しばらくの間、時計が止まったように時が流れた。

美代子は夢の中にいた。大学を卒業して、入社した英国資本の海運会社で、夏の一日をワゴン車二台に分乗して、会社の同僚十二名で千葉の内房海岸で遊んだ時を思い出していた。独身の男女は皆、眩しいぐらい輝いていた。普段職場では、挨拶程度で会話をしたことが無い男性も参加していて、解放された夏海の砂浜でバーベキューをしながら、笑い転げている面々が浮かんできて、すぐに場面が切り替わり、マザコンの健吾も美代子の側にいた。その時ハッとして目が覚め、浅い眠りについて夢を見ていたことに気が付いた。

おもむろにベッドから起き上がりデスクの上に置いてある小さな鏡を見た。入浴介助で普段使わない筋肉を使ったせいで、両方の肩が少し重く感じ、自分で両肩を軽くもんでほぐした。

それより、美代子は気になることがあった。美月が風呂場で「大丈夫ですか」と呼びかけたことだった。美月が山形家に家政婦として来てから二十年、介助の仕事は美月の持ち場で誰も侵害しない仕事と自負していたこと、それを美代子の気まぐれで奪われたことに対する嫉妬心ではなかったか。自分が主人に対して何かお世話するということが美月の心を傷つけたのではないかと思い始めていた。

今日一日やってみて、自分には到底無理だと分かったから、明日美月さんとパエリアの食材を買い出しに行った時に話してみようと思い、これ以上深く考えないことにした。

＊

美代子と美月は自由が丘の市場にいた。

「ここの〝魚清〟というお魚屋さんが新鮮な魚介類が揃っているんですよ。ほら、賑わっているでしょう。皆知っているんですね。遠くからでも買いに見える奥様達が大勢いらっしゃいます」

「美月さんは毎回ここまで足を延ばしてこられるの？」

「いいえ、普段は地元の八百屋さんやスーパーで間に合います。たまに気分転換を兼ねて来るんですよ」

「そうですよね。地元だけの行動半径だと息が詰まりますものね。その気持ち私もよく分かります」

「そうですか。理解してくださる方がいらっしゃっただけでも嬉しいです」

美代子は洋服のポケットから一枚のメモ用紙を取り出し、今日のパエリアに使う魚介類を書いたメモを見ながら、目の前に並んだ魚介を見渡しながら籠に入れた。

そばで見ていた美月が、美代子の顔を覗き込みながら、「必要なものは全部ありますか？」と尋ねた。

「今日は少し贅沢をしてみようと思うの。いろんな魚介が入っていた方が深い味が出せるから試してみましょう。アンダルシアで食べた本場のパエリアを超えるかもね」と茶目っ気一杯の表情をした。

美月は、嬉しそうに食材を選んでいる美代子の姿を見て、悠真夫婦には子供がいないし、主人が障害を持った人だから、人には言えない悩みを抱えながら日々送っているんだなと密かに思ってしまった。

「美月さん全部揃ったわ」籠の中に入れたものを一点ずつ指しながら、

「ムール貝、アサリ、ワタリガニ、有頭エビ、白身魚、ヤリイカ、あとは鶏肉と野菜類ね」

お店の中で美代子の買い物を見ていた〝魚清〟の旦那が「奥さん、今日はパエリアですか？　これを持っていきなよ」と言ってパエリアの素を一つくれた。

美代子は「丁度これから買い求めようと思っていたから助かったわ。ありがとう」

鶏肉、野菜を仕入れた後で、二人はさっき来た市場の入り口方向に歩き始めた。

四方八方から飛び交う市場独特の掛け声や買い物客たちの行き交う足音で、二人はしばらく無言でいた。市場の入り口に差し掛かった所で、美代子が「美月さんは毎日大変ね。私、昨日主人の入浴介助をしたでしょう。初めは軽く考えていたのね。でも無理だと悟ったわ。やはり美月さんにお願いします」と軽く頭を下げた。

「長い時間かかっていたもんね。介護の仕事は一時の思い付きで出来るほどそんなに簡単ではないからね。私も山形家に家政婦としてお世話になった当初は失敗の連続でした」

「昨日はシャワーヘッドの扱いで、私がお湯を浴びてしまったの」と時間がかかった一端を話した。

美月は美代子が入浴介助をギブアップしたことで、自分の役割の存在を認めてもらったことを嬉しく思った。昨晩は二十年余り、悠真さんの介助をしてきて、仕事を奪われてしまったことでいささかショックを受け、美代子達が入浴介助の間、風呂場の方角に耳を傾けながら気にしていた。主人に対しては、家政婦としてお世話になったときから姉弟の関係で特に仕事と割り切り、異性を意識することはなかった。しかし昨晩、初めて悠真夫婦の存在が気になり、美代子に対する小さな嫉妬心が芽生えた。

美代子は介助の仕事を美月に返すことにしたことで、何か重い重しが取れたように、晴れ晴れとした表情になった。

「美月さん、今晩はびっくりするくらいの本場のパエリアを作りましょう。正直なところ私は結婚前もほとんど台所に立ったことが無かったの。でも、味覚には自信があります。会社勤務時代から友人と美味しい料理を食べ歩いていましたから。先日パソコンでパエリアのレシピを〝本場のパエリア〟で検索して、大事なポイントはメモに取りました」

話を聞いていた美月は「羨ましいですね。私なんか福島の片田舎だから、美味しい料理を食べ歩くことなんか夢のまた夢でした」と少し美代子の方を見て、すねた顔をして見せた。

「ごめんなさい。そんなつもりで言った訳じゃないんです」

「分かってますよ。でも東京での外資企業勤務に憧れますね」

美月は自分が高校生の時に両親が亡くなり、肩身の狭い生活を強いられたことなど、話すことが辛かったのでこれまで封印してきた。美代子とは生活環境も違いすぎるので、過去を思い出すことが自分を生んでくれて、一生懸命生きた両親に対して申し訳ない気持ちで一杯だった。

瞼を閉じて、何かを思い出すように、数秒間の沈黙を要した。小中学生の少女時代を過ごした福島の田舎の風景が、秒速で浮かんできた。一人っ子だったので両親は愛情たっぷりと接してくれて、いつも食事時には笑いが絶えない毎日だった。

美月はどうしてか子供の時を過ごした幸せの絶頂期しか思い浮かばない。両親が病弱だったので、高校三年生の時、相次いで亡くなったときは、あまりのショックで涙も出なかったことを覚えている。溺愛してくれた両親の死を受け入れることが出来ず、今日までことあるごとに両親と会話している自分がいて、寂しく思ったことはなかった。

「美月さん、始めましょうか」という美代子の声で現実の世界に引き戻された。

美月も我に返ったように、「どんどん指示を出してください」

「じゃあ、お願いしますね。先ず大きなフライパンがあるかしら？　出来たら底が平らなものがいいですね」

「普段は小さなフライパンしかここには置いてないから、納戸にしまっているかもしれません。見てきます」

美代子はレシピを書いたメモをカウンターの上に置いて、何度も確認しながら、魚介類の下ごしらえを始めた。気分は浮き浮き状態で、何歳も若返ったように目が輝いていた。

納戸の方角から物音が聞こえ、少ししてから美月が「ありました！」と台所まで聞こえる大きな声がした。美代子は「一件落着！」と心の叫びを発した。

美月が大事そうに大きなフライパンを両手で持ち台所に戻ってきた。それを見た美代子が「スペインで見たものにそっくり。底も平らで申し分ないわ。美月さんありがとう。美月さん、パプリカとトマトを適当に切ってくださる？」

「お安い御用よ」

「その後でイカをさばいてちょうだい」

美代子はレシピを見て「お米は洗わないで使うと書いてある。本当かしら」とちょっと疑ってみせた。

水の分量を計量カップで正確に測り、自由が丘の市場の〝魚清〟からもらったパエリアの素を入れて、お米を平らにならした上に具材をバランス良く敷き詰めた。

おこげを上手く作るためにもフライパンの蓋をせず煮詰めることにした。

十五分後には、お米がふつふつとあぶくを出して、魚介のいい匂いがしてきた。一旦火を止めて、フライパンの蓋をして蒸らすこと十五分、最後に強火で数分お米がはじけるようなパチパチという音がしてきたら火を止めて完成。

一連の流れを見ていた美月が「これがパエリアと言うんですね！　初めてお目にかかります。主人にお声を掛けましょうか？」

「お願いします」

美月が悠真の車いすを押して食卓まで来た。

「私の事務所までいい香りがしていたよ。早く食べたいね」とテーブルの指定席に陣取った。

「匂いだけは本物に似ていること間違いなし」と美代子が匂いを強調した。まだ試食してないから味の方は、食べるまでの楽しみということか。

悠真が最初に一口、「これは旨い、おこげも抜群の出来だよ」と言い、美代子と美月の二人を見た。そしてさらに「これが、我が家での美代子の処女作か」と感心したように「大したもんだよ、これからも珍しい物を作ってくれよ。ほら、先日話していたブイヤベースなんかも美代子の舌が記憶している間に食べたいね」と美代子のやる気を引き出そうとしていた。

黙って聞いていた美月は、内心少し動揺し、目が泳いでいるようで「美代子さんの料理には見ていてセンスを感じますわ。私は田舎育ちだから昔ながらの和食しか作れません。母がいつも作っていたのは畑で採れた野菜が中心でした。私も美代子さんに教えてほしいわ」と悠真に同調する言葉を言った。

「今日のパエリアは食材が高級で、新鮮なのが決め手です。私はレシピに忠実にやっただけです」

美月がさらに持ち上げるように「美代子さんの味覚、舌と鼻が一流なのですよ。外資系企業に勤務されていた証ですよね」

美月は美代子さんに対する敵対心はないものの、どこかで自分の領域を少しずつ侵されるのではないかと、不安心理と妬みが交錯している自分と戦っていた。山形家に家政婦としてお世話になって以来、専門職の家政婦として悠真さんに尽くし、山形家を陰ながら守ってきた。

先日の風呂の介助といい、今日のように台所まで侵食され、悠真さんの胃袋まで干渉されることに、少なからず嫉妬心を覚えた。

悠真さんから美代子さんと結婚すると話を聞いた時、「嫁さんには趣味に生きてもらえばいいんで、風呂の介助や台所の一切は美月に任せる」と聞いていたから、悠真さんの身の回りの世話も弟のように接してきた。ラグビーで鍛えた胸厚の体も多少昔より肉が落ちてきたとはいえ、入浴時にタオルでごしごし擦るのも美月には異性に接する楽しみの一つでもあった。

悠真は大皿に盛られたパエリアを米粒一つ残さず平らげて、満足した様子で「美味しかったよ。レストランの味だったね」とほめちぎった。

普段、悠真は美代子との会話が少ないので、食事時三人が顔を合わせ、とりとめのない会話がお互いの絆を確かめるいい機会だった。まして美代子の手料理を食べるなんて想像もしていなかったから、余計、口数も多く華やいだ食事時になった。

一方、悠真には美月の心の変化を知る由もなく、美代子の料理を手放しで喜んでいた。

悠真が見せた空になった器を見て美月が「美代子さん良かったですね、私もこの通り」と言いながら空になった器を見せた。

食卓にはまだ、オリーブオイルを熱した香りと魚介類独特の匂いが充満していて、この空間だけアンダルシア地方の風情を醸し出していた。

悠真は自室に戻る時、台所の跡片付けをしていた美月の背後から「美月、今晩から風呂の介助はまたお願いね。美代子がギブアップしたそうだ」

「美代子さんから伺っています。慣れないと大変ですから。私の仕事の大変さが分かっていただいて良かったです。これまで続けてきた甲斐があります」

美月は少し脂っこい食器に洗剤を付けて水道の蛇口を強にしながら、内心嬉しく手元が弾んでいた。

「じゃあ」と言いながら悠真は台所を後にした。

一足先に自室に戻った美代子は美月とのパエリア作りの共作は初めてだったこともあり、出来上がりが不安で悠真の「美味しかったよ」の一言を聞くまでは針の筵状態だった。

疲れがどっと出てしばらくベッドに仰向けになり寝そべっていた。天井を見つめていると頭の中にいろんな事柄が走馬灯のように目まぐるしく浮かんでは消えていった。

共作とはいえ美月さんの仕事を邪魔しているんじゃないか、彼女は明るく振舞っていたが本心はいかがなものだったのか、自分でも判断がつかなかった。

悠真さんにしても先日の入浴介助の一件もあり、美月さんの領域まで侵食したことを、どのように感じているのか知りたいとも思った。

結婚を意識した時、悠真さんから「自由に趣味に生きてください」と言われ、マザコンの健吾と別れ一人で生きてゆくと一度は決めたはずだったが、シンデレラ姫のような世界に盲目の内に引き込まれて、ここに自分がいることに違和感を覚えつつ悶々としていた時、美代子は急に花帆に会いたくなった。携帯からメールしてみた。すると秒速で返信があり「私も会いたかったよ！　今週は主人も出張だからいつでもOKです」

美代子は主人のスケジュールをカレンダーで確認してから「急だけど明日、自由が丘のカフェ〝花梨〟で十一時に待っている。結衣も誘ってみます」とメールした。

思い返すと花帆に会ったのは結婚前に結衣と三人で会ったのが最後だった。美代子にしてみれば、孤独な無味乾燥の生活から少しは解放されたかった気持ちがメールを打つ指先に表れていた。だから明日会おうという気にさせたのだった。

子供の遠足前夜のようにベッドに横になってもなかなか寝付けなかった。ベッド脇のデスクから読みかけの本を手にして、枕もとの蛍光灯を本に向けて読み始めた。十ページほど読み進んだ頃、壁一つ隔てた悠真の部屋からかすかに人の声がするのを耳にした。山形家は三百坪の敷地の道路から奥まった位置に建物が建っているので、道路から車の音も聞こえなくて深夜になると静まり返っている。

美代子は悠真の独り言ではと思いながら、気になったので壁に近づきそっと耳を当ててみた。

はっきりとは聞き取れなかったが、悠真以外の女性の押し殺したような声だった。脈拍が早く打っているのが分かったが、息を殺して数分程右の耳を壁に押し付けていたから、少し痛みを覚え壁から離れた。ベッドに戻り「誰、どうして」と自問してみたが、このままそーっとしておこうと思った。

読みかけの本をデスクに戻し、掛け布団を頭まですっぽりかけて寝ることにした。頭の中では走馬燈の如く、いろんなことがグルグル巡るが何一つ解決に結びつく名案が浮かんでこなかった。

寝不足のまま朝を迎え、何事もなかったように悠真と美月を観察した。二人は無言で食事を終えると、悠真は仕事場の事務所に向かった。

山形家の朝食はいつもトーストにジャム、そして季節の果物、ヨーグルトと牛乳が定番になっている。今朝のトーストがブドウ入りだったので美代子はジャムを付けないでバターだけをたっぷり付けていた。

「美月さん、このブドウトースト美味しいわね。久しぶりよ」

「そうなんです。最近駅の近くにパン屋さんが出来たので、買ってみたの。美味しいのが評判になり昼前には売り切れなんです。だから、多めに買って冷凍しておくんです」

「そうなんですか、冷凍はいい考えだわ」

美代子は観察気味に美月の顔の表情を見ていたが、特にいつもと違うような様相ではなかった。でもどうしても引っかかることがあった。あの夜中に聞こえたのは女性の声、この家には私以外、美月さんしかいないから、どうしてあんな時間に悠真の部屋にいたのか解せない。しかし一方で、美代子は嫉妬心とか敵対心など、全然湧いてこないから不思議、冷静になっている自分が怖いと感じていた。

悠真に問いただす気はしなかった。裏を返すと悠真に対する愛情が薄いものなのかもしれない。私たち夫婦は同居人と割り切っていたから、冷静になれたのだ。

もう少し今後の様子を見てみようと思った。

美代子には思い当たる節もあった。スペイン旅行から帰ってきて、入浴介助を申し入れたり、パエリアの料理を作ったりして、美月さんの女心に火を点けてしまったのかもしれない。山形家に家政婦として来て悠真さんの介護を献身的に姉弟のように接してきたといえども、女の部分がどこかでくすぶっていたのだ。そのように分析していた。

「ごちそうさま、美味しかった」

「良かったですね。そうだ、今日は悠真さんの定期健診とリハビリなんです。出かけるついでに何か買うものありましたらどうぞ」

「ありがとう、特にないわね。今日、私も久しぶりに友達と会うことにしているの、結婚前に会って以来だから楽しみなのです」

気のせいかもしれないが、美月の応対がいつになく瞳が輝いていて、明るく感じた。心の片隅では女性にありがちなホルモンが作用しているのかもと思いながら、少し意地悪な質問をした。「美月さん、何かいいことでもありました？」

「どうしてですか？」

「いつもより、肌つやがいいから」

「いやですよ、もう四十のおばさんですから、からかわないでください。美代子さんにはかないませんよ」

二人は顔を見合って大きな声で笑った。

＊

美代子は約束の時間、十一時より少し早めに自由が丘駅に着いたので、ロータリーをぐるりと一周してから以前にも覗いたことがある、ブティックのショーウインドウの前に立っていた。今年の秋、冬物のはやりの色は何だろうと、マネキンが着ているワンピースに目が留まった。

〝今年もブドウ色か〟と独り言を言いながら、丁度二年前、花帆、結衣達とここで会った時も確かブドウ色だったと思い出していた。流行は繰り返すんだ、と一人納得しながらカフェ〝花梨〟の方向へ歩を進めた。

するすると駅の方向から結衣の呼ぶ声がした。立ち止まって結衣を待った。

「久しぶりだね、元気だった？」と少し上ずった声で結衣が話し掛けてきた。

「何とかね」

「新婚さんというのに少し暗いわわね。スペイン旅行の話とか、生活ぶりをたっぷり聞かせてもらおうと思っていたのに」

「大丈夫よ。そんなに落ち込んではいないわ。気のせいよ」

ロータリーの時計が十一時のチャイムを奏でていた。確かカフェも十一時が開店時間のはず、と思いながら、この時間なら奥まった所の指定席が確保出来るはずと、花帆にも会える嬉しさで気分が浮き浮きしていた。

〝花梨〟のガラスドアを押して入ると、見慣れたスタッフが「いらっしゃいませ、こんにちは」と挨拶してくれたので、軽く会釈をして、奥まった指定席の方に向かった。美代子が一番乗りの客だった。朝一ということもあり、店内の空気は澄み切ったように、余計な香りが漂っていなかった。ただかすかに甘い洋菓子の香りがした。

いつもの指定席に壁を背にして座った。入り口がよく見通せる。

店内の装飾や器を収納したサイドボードを眺めながら、ガラス窓越しに外に目をやったとき、花帆が通り過ぎたのが見えた。「あ、花帆だ！」と心の叫びと共に嬉しさがこみあげてきた。花帆がガラスドアを押して入ってくるなり美代子は奥まった席から手を上げて嬉しそうに合図した。美代子の仕草につられて結衣も後ろを振り向き、手を上げて左右に小さく振った。花帆は満面の笑みで二人の元に小走りでやって来た。

開口一番「二人に会いたかったよ」と周囲に聞こえるような声で会えた喜びを体で表現していた。幸い、朝一ということもあり店内はまだ客もまばらで、彼女たちの声も気にするほどのこともなかった。花帆は花柄のワンピースにグレーのカーディガンをまとっていた。

美代子が「ワンピースの花柄がこの季節にピッタリね」とほめた。

「ありがとう、店内は少し暖かいからカーディガンを脱ぐわね」

「花柄が肩口まであるのね。花帆は背丈があるから大柄の花柄が似合うね」

「馬子にも衣装よ」と謙遜してみせた。

「美代子は英国仕込みのセンスが身に付いているからパンツルックもいかにもキャリアウーマンってとこね。結衣ちゃんはパステル画の美術部員ということで淡い色合いがお似合いよ」

三人はそれぞれの衣装に一通り感想を述べ合っていた時に、店員さんがオーダーをとりに来た。三人は顔を見合わせて美代子が「私はいつものアールグレイにする。花帆はブレンドコーヒーよね。結衣は？」と視線を向けると結衣が「私も美代子と同じ紅茶にする」

店員さんが「分かりました」と言い会釈をして下がった。

「時の経つのが早いよね。こうして会うのは二年振りよ。だんだんおばさんになっていくわ」と美代子が言うと、花帆が「すでに四十歳のおばさんよ」と明るく屈託のない表情で笑った。

「美代子、結婚生活に慣れた？　違う環境に入っていったから心配していたのよ」と花帆がどんな生活ぶりか知りたくて話を振ってきた。

「当初、想像していた生活とは少し違ったわね。主人との接点が少ないの。家には二十年来の家政婦さんがいて、主人の身の回りのこと、全てやってくれるから、私はただの同居人というところかな」

「身の回りのこと、と言うと？」

「入浴時の介助や毎朝食後の散歩、そして月一回のリハビリなど、だから私は主人の体にふれる機会も少ないの」

「家政婦さんの年齢は、若いの？」

「美月さんといって、私たちより少し上で四十五才ぐらいかな？　独り身だから若く見える」

側から結衣が「独身者は若く見えるよね。子供の世話なんかで生活の疲れが表面に出てこないから」と口を挟んだ。

花帆が「美代子は家政婦さんが入浴介助することに嫉妬しないの？」

「全然」と言ってから先日の入浴介助の失敗談を面白可笑しく話した。

「もう一件、美月さんの触覚に触れたことがあったの？」

「その他に何があったの」結衣が興味深く身を乗り出してきた。

美代子はゆっくりした口調で、「スペイン旅行の話をしていた時、『食べ物の話になり、〝パエリア〟がすごく美味しかった。特に大きなフライパンで作ったおこげの味が全ての魚介類の味が凝縮したようで最高だった』と話した時、主人に『美代子の味覚が衰えてない間に作ってよ』と言われ承諾したの。それが美月さんを刺激したみたいね」

「そうか、美月さんの仕事の領域まで美代子が侵食したのね。家政婦さんとしては少し面白くないね」

「でもその時は、そんなこと微塵も脳裏を横切らなかったわ。私鈍感なの」と言いながら少しの間を置いて「嫉妬するのは家政婦さんの方だったことが分かったの」

「どうして分かったの？　何か言われた？」

「私の入浴介助の失敗があった数日後、深夜主人の部屋から話し声がかすかに聞こえたことがあったの。それから主人と家政婦さんの二人の動向を観察していて分かったの」

花帆と結衣もこれ以上立ち入った話を美代子から聞き出すのは野暮なことだと思い「男女の仲か」とため息を吐いて、しばらく静寂の時間が流れた。

美代子は場の雰囲気を変えようと思い、話題を二人の方へ振った。

「花帆と結衣は子供がいるから、家族と言えるよね」

「何、それ」と花帆がけげんそうな顔付きをした。

「普通、夫婦二人だけだと家族とは言わないでしょう。私なんか同居人という関係かな」

「そうね、子供がいると子育てから学校のことが話題になり夫婦二人の会話は少なくなるよね。子供の話題が中心ということもあるからバランスが保たれている。結衣の所もそうでしょう」

「同感」と首を縦に振った。

美代子は「我が家は子供がいないから共通の話題が少ないの。主人は自分の事務所でパソコンにひたすら向かって一人仕事だし、家の中の事は家政婦さんがやるでしょう。だから私は一体何をすればいいの、という感じでストレスが溜まるのよ」

「外から見ると何て優雅な生活、と思うわね。美代子も悩みがあるのね」と花帆は他人事のように言った。

「花帆はご主人とどんな話をしているの?」

「うちは取り留めのない話題ね。野球がある時は主人が応援しているチームの結果や応援している選手の成績なんかが中心ね。私は野球には興味がないから、適当に相槌を打って主人の気分を害さないようにするだけ。私からは子供のその日の出来事位が中心になる。男の子二人だから家にいる時は賑やかなの。結衣の所は女の子だから静かでしょう?」

「そうね、習い事させているから結構忙しいよ。花帆もスポーツクラブに入れるといっていたよね、何かやらせておいた方が安心ね」

二人の会話を聞いていた美代子は「私も時間つぶしにフィットネスに行こうかなと考えているの。最近たまプラーザ駅の郊外に〝グリーンジム〟が出来たの。親会社が大手私鉄で田園都市線沿線の奥様連中をターゲットにしていると聞いたわ」

花帆が「美代子行きなさいよ。さっき少しストレスが溜まるといっていたから、丁度いいよ。体を動かすと血液の循環が良くなり、気分がすっきりして、せめてフィットネスに通っている間は余計なこと考えないで済むじゃない?」

「そうかしら。花帆はやったことあるの？　結婚する前に三年間ほど通ったよ。私はホットヨガが好きだった。蒸し風呂みたいな部屋の中で体を動かすと体内の悪い毒素が汗になって出ていくみたいで、終わると気持ちがすっきりしたよ」

「私、着るものがないの」

「もうおばさんだから上はTシャツに下は半パンでいいのよ。今更格好つけなくていいのよ」

「そうだよね、それなら、持っているわ」

結衣が「私も行ってみたいわ。でも今は無理ね。子供が小学校に上がったら考えようかな。たまプラーザなら近いし、美代子にも時々会えるかもね」

三人は、傍から見ると幸せそうな若奥様達に映っているかもしれないが、自ら他人には言いたくない心の闇を抱えている。二年前に突然美代子が結婚すると聞いた時は、花帆も結衣もびっくりした。久しぶりにカフェ〝花梨〟で会った時もそんな素振りを見せなかったから美代子の心境の変化を聞きたいと思っていた。

花帆が遠慮がちに美代子の顔を見て「美代子の結婚の決め手は何だったの？　私も結衣も本当のことが知りたかったの」

「マザコン事件は知っているよね。その後男性不信に陥っていたの。そして結婚なんかしなくてもこのままキャリアウーマンとして、外資系の会社に継続勤務も悪くない選択と思ったの。たまたま母の得意先の奥様の紹介で今の主人の釣書と母から聞いた主人の障害のことを聞いた時、最初はすぐに断ろうと思ったの。すぐに返事をしないまま数日間ほっておいたの。ある日、自分の部屋で妄想にふけっている時、高校の時のシスター山根のことが浮かんできて、キリストの教えの〝隣人愛〟という言葉が降って湧いてきたの。

一度会ってからでも断ることが出来るから、会ってみようと思ったの。初めから身体障害者であることは分かっているから、今の主人、山形からどんな生活を望んでいるか直接聞いてみたかった。彼は私に対して『自由に生きてください。趣味に生きてください。自分はこんな体だから子供は作れないことは承知、身の周りは家政婦さんがする』と説明されたので『自由に趣味に生きる』という言葉に惹かれた。その時は結婚とはどういうことか深く考えなかったと言える。今になって思うと家族とは夫婦愛とはどんなことかもっと思慮深く考えるべきだったの。彼からは一つだけ『山形家を守ってくれればいい』と言われた」

花帆と結衣は経緯を聞いていて、家という空間に何か足りないものがあると感じていた。

「美代子、『愛』が足りないんだよ。自由と趣味は好きなように扱えるけど、ご主人との間に隙間があるよね。それが埋めきれていないんだよ。隙間の一部は家政婦さんの美月さんが埋めているということよ。一方で美月さんは入浴介助や台所仕事を美代子に奪われることに拒否反応を示し、嫉妬という形で美月さんに恋心が目覚めたと思うよ」と花帆は推測して「当たっている？」と聞いた。

美代子は「私もそう思う」と応じた。

「家族って大事だよね。子供がいて夫婦・子供の間に愛情があってこそ家族と呼べるのよね」結衣は自分で納得したように一つの定義を語って一人合点していた。

花帆が「結衣の家庭は上手くいってるの？　確かご主人が食品卸関係の会社だったわね。年齢からして会社の中堅でしょう。会社での悩み事なんかを家に持ち込まない？」

「たまにお酒を飲んだ時なんか愚痴をこぼしているわね。でも、私は会社の職場のことは何も知らないから、いつも大変ね、で終わり」

「結衣ちゃん、冷たいわね」

「どうして、花帆は話をちゃんと聞いてやるの？」

「主人は保険会社の営業でしょう。特に法人相手だから夜のお付き合いがあるのよ。時々同僚を連れて武蔵小杉まで帰ってくることがある。そんな時は私も一杯だけお付き合いでテーブルをご一緒して話を聞くことはあるよ」

「花帆、偉いね。私なんかお酒の席はごめんだわ」と美代子が言うと、結衣が「うちは会社の同僚を家に連れてくることはないけど、主人の評判なんか知っておきたい気持ちもあるね。よくあることだけど、男の人が何人か集まると意外と会社の中の愚痴や職場の上下間を知ることが出来て参考になるかもね」

「サラリーマン社会で生き抜いていくことは大変ね。うちは個人事業主だから対人関係の複雑さは全くない。それも寂しいでしょうね」と美代子は二人との違いを理解して自分の無関心さも気づかされた。

花帆がお店の掛け時計を見て「あら、もうこんな時間なの？　十二時前よ。何かお昼ここで食べない？」

美代子が「ここのサンドウィッチとスパゲッティが美味しいのよ。結衣も時間大丈夫でしょう？」

「子供は今日は幼稚園の昼食会で帰りは三時頃なの」

「あら、昼食会だなんてシャレてるわね。誰が食事を作るの？」

「提携している仕出し屋さんが園に来て作るみたいよ」

三人は何を食べようか、しばらくの間思案していたが、花帆が一番乗りで

「美代子は昔からここの常連様だから味覚は確かだよね。私はスパゲッティにしようかな。結衣はどうする？」

「私は卵サンドにする」

「私はアメリカンクラブハウスサンドにする。飲み物もお代わりしましょうか？」

と美代子は二人に同意を求めた。

「賛成」

「美代子、アメリカンクラブハウスサンドって流石、外資系勤務のお嬢様ね」と花帆が茶化して美代子を持ち上げた。

「会社の外国人上司が好きで丸の内界隈のホテルで昼食をとることがあって、私も初めて食べたときから、こんがり焼いた食パンに挟んだお肉やトマトのミック

スが美味しかったの」少し分けてあげるから食べてみて、と言って、代表して美代子が店員さんに分かるように右手を上げて、合図した。

三人の間に清々しい時間が流れ、久しぶりに再会した嬉しさも相まって、今日、会った時より幾分顔が上気しているように見えた。

美代子が「さっきフィットネスの話をしたでしょう。来週申し込みしてみるわ。最近体を動かしてないから、初めはエアロビクスの初級から始めて、花帆が言っていたホットヨガもやってみたい。平日なら週に二回は通えそうだから、それに週一回のパステル画の教室も続けているからね」

「結衣もパステル教室を続けているでしょう?　クラスが違うから教室で会うことはめったにないね。私は初級で結衣は上級クラスだから。高校の時、クラブ活動が美術部で私は家の商売の連想でローケツ染めを始めたからね。今思えば結衣と同じパステルを選択しておけばもう少し腕も上達して、趣味として、家にいても有意義な時間を作れたかもね」

「上手に描こうとするから、筆が進まないのよ。別に展覧会に出すとか販売するとか考えていないでしょう。気楽に旅行に行った時、写真に収めた場面とか、散歩の途中で見た風景など、その時に見た色彩を記憶が覚めない内に画用紙に表現すれば、生き生きした画になる。美代子はセンスがあるから向いてると思う」と結衣はパステルの先輩としてやる気が出るように元気づけた。

美代子は結婚を決意した一つの理由として、今の主人から『自由に趣味に生きてください』と言われたことで、束縛されない生活が出来ることを想像して決心したことを二人に話したが、現実は束縛されないが、果たして心が満たされているか、と自問すると、決して満足がいく状態ではなく、やりがいが持てない。目的意識が欠乏している自分と向き合っている日々が多く、将来を案ずるようになってきていた。

花帆が美代子に向かって「何をぼーっと考えているの?」

「ごめんなさい。そういう風に見えた?」

「家政婦さん、美月さんといったよね。その方は結婚する予定はないの?」

「以前福島に住んでいた、主人の遠縁にあたる人で、両親はすでに無く独り身なの。高校を卒業した後、山形家に家政婦として入ったの。また勉強家で夜間の大学にも仕事と両立させながら卒業した、芯の強い人なんだと聞いている。普段の生活を拝見していると異性に触れる機会もないよね。一番身近な異性は美月さんが介助している主人だけになる」

「確か、ご主人より三つぐらい年上でしょう」

「そう、主人とは姉弟の関係みたいだよ、と言って異性を感じたことが無いと私の前では言っていた。でも子供じゃないから毎日接していると情を感じるわね。だから最初入浴の介助を美月さんがやっていると聞いた時、えっ？　本当？　と思った。あなたたちだってそう思うでしょう？」

「そうねえ、よく家政婦さんで、年取った人が介護センターなどで行っているでしょう。あれは職業として割り切れるけど、年齢が接近している男女がお風呂場での入浴介助にはちょっと抵抗があるわね。美代子は何にも感じないの？」

「どんな？」

「例えば、美月さんに対して嫉妬とか」

「それが無いのが不思議で、私は愛情が薄いのかもね」と少し首をかしげた。

「貴女は自由と趣味に結婚したのよ」

「私もそう思う」と結衣が花帆に同調した。

先ほど注文した昼食が来た。店員さんが後ほど飲み物を持ってきますからと言い、スパゲッティ、卵サンド、アメリカンクラブハウスサンドをテーブルのセンターに置いた。

「どれも美味しそう、アメリカンクラブハウスサンドは美味しいから一つ食べてみて」と言い結衣と花帆に勧めた。

花帆が口に含み、「トーストの味がいいね、焼き具合が最高」結衣も食レポよろしく、「挟んであるビーフの味が、いいお肉という味だわ。良かったら卵サンドも食べてみて」

「ありがとう、いただくわ」三人は和気あいあいに表情を崩しながら、暫し無言で食べることに徹していた。

お皿の食事が半分ほど進んだ頃、美代子が紅茶を一口飲んだ後、「皆、日頃主人とはどんな会話をしているの。ベッドは別々?」

「急にどうしたの?」と花帆がフォークに乗せたスパゲッティを口元手前で止め、聞き返した。

「皆、私より結婚の大先輩だから」

結衣が「私は、八畳の洋間にベッドを二つ置いているの。でも左右に離してね。主人のいびきがうるさくてそうしている。本当は部屋数があれば別々の部屋にしたいの」

「子供はどうしているの？」

「子供部屋で寝ている。自分の城がほしいみたいで本人が希望したの」

「花帆はどうしてるの？」と美代子が順に仕切った。

「うちは、生活のリズムが違うのよ。だから三年位前から別の部屋にしている。主人は仕事の疲れか何か知れないけど、夜十時過ぎにはベッドに入っている。私は若いときから夜更かし型だから、寝る時間は十二時頃だね。子供たちを寝かした後、跡片付けをして主人が寝たのを見届けてから、好きな本を読んでるの。そうすると自然に十二時近くになると睡魔がやって来るの。主人と会話するのは主に夕食を一緒に食べる時ぐらいで、結婚生活を長く続けているとかしこまった会話は少ないかも。結衣もそうでしょう？」

「営業の仕事だから、いろんな人に会うので話題に事欠かないね。私から聞かなくてもぼそぼそと愚痴をこぼしているわ。私、会社のことに興味ないから適当に相槌を打っているの。それでも疲れることがあるよ」

美代子は、二人の話を聞いていて、サラリーマン家庭ではごく標準的な生活環境なんだ。

これから十年二十年先のことを想像してもなんとなく未来像が見えてくるようで、平和な世の中に身を置いている自分たちが幸せなのか、としんみり考えながら、少し目線をテーブルに下げて紅茶のカップをつかんだ。

紅茶を一口飲んだ後「私には子供がいないし、主人とはあまり会話をしない家庭なんてこのまま続くのかしら。目先のことより十年先を想像すると不安が先立つよ。自由と趣味だけで生きがいが感じられない。主人だってこれから先、車いすの生活だから、下半身の筋肉が落ちてきて、もっと介助の度合いが増してくるからね。私には一度経験した入浴介助で大変さが分かっているつもり。だから美月さんのような家政婦さんが必要なのよね」

「美代子、気が付いているじゃない。山形家には美月さんが必要なのよ」と花帆が我が意を得たと言わんばかりに語気を強めて言った。

「我が家には家政婦さんの存在が大きいことは承知している。だからこれまで仕事の役割分担も分けてきたからうまくやってこれたの。でもスペイン旅行中にイエズス会の教会で、改めて『隣人愛』を思い起こされたの。そして帰国してから主人に入浴介助を申し入れたの。美月さんの仕事分野を犯したのよ。さらにパエリアの件で台所にも立った。これらが美月さんを刺激してしまった。結局のところ主人一人を妻の私と美月さんで分け合ってるということね」

「美代子がスパッと割り切ればいいじゃない。美月さんの仕事分野に手を出さないとね」

「何のために結婚したのかしら。分からなくなってしまった。身体障害者の方と結婚するということがどんなことなのか深く考えていなかった自分が浅はかね」

「視野が狭くなっていたのね」と結衣がフォローしてくれた。

「マザコンの彼と破局になったとき、人間不信になって、結婚という二文字を封印したつもりだったの。仕事も楽しかったし他に生きがいも感じていたから、自分でも縁談話が持ち込まれた時、どうして豹変してしまったのか、運命のいたずらと言うしかない」

美代子は過去を振り返ってしみじみと思いを馳せていた。

「人間の信念なんてそんなに硬い物じゃないのよね。誰しも揺らぐの。貴女だけを責めてみても仕方がないことよ。まして過去は一日たりとも帰ってこないもの。これからどう生きるか前向きになることが大事だと思うわ。元気出しなよ」

花帆の言葉に「納得するわ。広い屋敷に話し相手も少ない中にいると憂鬱になるの」

「私たちだって、日中は子供たちが学校や幼稚園に出かけると、一人だから同じよ。今度フィットネスに行くと言っていたでしょう。もっと外の空気を吸うのよ。いい機会だわ」と結衣が目を輝かしながら背中を押してくれた。

花帆が急に一八〇度違う話題を持ち出した。「私ね最近、歴史小説、特に戦国時代の武将を描いたものを読んでるの。戦国時代は男社会でしょう。その中でいかに他人を押しのけて親方の目に留まるか知恵を絞ってるのよね。今の時代と違って男女同権の世界じゃなかったから、男は女に相談するということなんか考えられなかった。だから男一人思考回路を働かしながらベストな答えを自身で導き出した。武士の世界では同僚にも相談することはまれで、現代版、顔をうかがって敵を知る、の戦法だったのよ。今は主人が嫁さんの顔色をうかがいながら、時に申し開きする家庭が多いと思う。財布の紐は奥さんが握っているし、かなりの権限を持っている。でも美代子みたいに心が満たされない人もいる。何かが足りないんだよね。何かは何？」

結衣が「戦国時代のように女は男の言いなりになっていた方が何も考えないで幸せかもしれない。従順に生きるのも女の道ね」

「あら、結衣ちゃん、何か悟りを開いたみたいね！」と美代子がからかった。

「武士の世界では、ある程度位がある大名クラスに仕える中堅の武将ともなると、妻以外に側室を持つことが公に認められていて、本妻である妻も納得ずくで生活していたらしい。当時の武家社会では先祖代々暗黙の教育で、妻と側室の間はいざこざが表面的には生じていなかった。現代社会であったなら嫉妬の嵐で、収拾がつかない事態が想像出来る。

美代子の山形家には本妻の美代子と主人の介助を一切任されている家政婦の美月さんが一つ屋根の下で生活している。武家社会ではそれなりの屋敷で、本妻と側室がある程度の距離を保って生活していたから大きなトラブルには至らなかったのよ」と花帆が武家社会の夫婦の一端を話した。

「そうか、戦国時代と現在の生活様式を比較してみるとなんとなく問題点が浮き彫りになって来るね。私も花帆みたいに時代小説を読んでみようかな」

「戦国時代は完全に男社会だったので、妻は家庭内のことだけに注力して家を守ることに徹していたから、男女間の交流なんかもなかった。主人は毎日家に帰ってくることもなかった時代だから夫婦間も意外とクールだったかもしれない」

「クールなのは我が家と似てる」と美代子は言った。

「会社の経営にも戦国時代の武将の生き方や判断が参考になると、好んで歴史書を読む経営者が多いと聞くよ。先を見る目や今決断する時に、生きるか死ぬかの間に身を置いていた武将たちの判断力が役に立つと言われているし、家庭内でも大げさかもしれないけど妻の立場で決断する時に参考にもなるのよ」

「花帆は戦国時代の生活に詳しいのね」

「小説の上っ面だけをなぞっているだけよ」

「小さなことかもしれないけど、今の生活でも、日々判断をすることが多い気がしている。何か難しい話になってきたね。でも今日は皆に話を聞いてもらったしアドバイスも頂戴したから、これからは新鮮な気持ちで立ち向かえそうだわ。来週からフィットネスにも通って体の中の毒素を汗で流すね」

美代子は店内の時計を見て「あら、もうこんな時間よ。いつの間にか時間の経つのを忘れて話し込んでいたね。子供たち、大丈夫?」と花帆と結衣に聞いた。

「心配しないで」と結衣は微笑みながら返した。そして「今度会う時、美代子のフィットネスで変身したスタイルを拝ませてもらうわ」

「私も半年後ぐらいの変化に期待している。かえって運動した反動で食欲が増して太っているかもしれない」

三人は「割り勘にしようね、その方が面倒が無くてレジの人も助かるからね」という花帆の発案でまとめて会計を済ませて駅の改札までの短い距離を、おしゃべりしながら歩き出した。

＊

秋の気配が深まって来た感がする。街路を歩いていると茶色く色づいた落ち葉が散乱していて、風に寄せられて道路の端に重なった落ち葉を踏みしめると「シャキッ」とした音がした。この季節に特別な思い入れはないが、ふと庭木の手入れを思い出していた。花帆や結衣たちと別れて家路に向かっていた美代子は、明日から始まるフィットネス通いにどんな服装がいいか思案していた。

自室に戻り、とりあえず想像していた何点かの候補を洋服ダンスから引っ張り出した。

その中には長袖のシャツも有ったが、迷った。この季節なら長袖か、いや室内で運動するから半袖でしょう！　ジムの現場で実感してないから迷うのも当然。先日申し込みにジムに行った時、少し見学してくれれば良かった、と悔やんだが後の祭り。気を取り直して頭でエアロビクスを想像してみた。そうすることで汗を一杯かいた自分の姿が浮かんできた。半袖にする。Tシャツの色を当初白と決めていたが迷いがあった。白色は見た目は清潔そうでいいが、運動すると汗ばんだ時、透けないか少し気にして他のシャツを引き出しから出して体に当てたりしながら、最終的にえんじ色を選んだ。ボトムはブランド品のグレーに決め、スポーツバッグにタオル、洗面用具一式を詰めて、子供が遠足に行くみたいにそわそわしながら、シューズを入れるのを忘れるところで、一番軽量の白を最後にバッグに忍ばせた。

〝グリーンジム〟を申し込んだときに、レッスンのスケジュール表をいただいたので、十時の初級エアロビクスと十一時半のホットヨガをやってみることにした。ジムには平日というのに若い奥様や中年のおばさま、そして年配のご婦人もまばらにいて女性が八割ぐらいを占めていた。

ジムはたまプラーザ駅から歩いて十分位の距離にある。辺りは静かな住宅地と畑が混在して、けやきの街路樹が道路左右に背高く伸びている。

ジムの一階はマシンとプール。二階が受付になった構造で、二階部分にはフィットネスとホットヨガ、そして周回のランニングコースが設けられている。

美代子は誰一人顔見知りはいないので、初日は初心者ということもあり、一番後方の場所を確保して、軽く準備運動をしていた。時間になったのでインストラクターの若い先生がニコニコしながら正面ガラス張りの壁面を背にして、大きな声で「おはようございます！」とヘッドマイクを通して元気な声を発した。生徒さん達もつられて「おはようございます」と返すと同時に軽快な音楽が流れた。インストラクターは二十代後半のピチピチギャル風で髪の毛を後ろにポニーテールに結んでいた。装いは胸元が大きく開いたランニングシャツ風で、多分専門用語で＊＊＊と言うのだろうと思いながらも言葉が出てこない。ボトムはごく短いパンツだった。美代子は一番後方からこのクラスの参加人数を目算で三十人位とはじいた。

音楽のリズムに合わせて、初歩のゆっくりしたステップからスタートした。美代子のお隣のご婦人がにこっと笑いながら会釈した。美代子も気持ちを込めて笑顔で応えた。

だんだんとリズムが早くなり、体の動く動作範囲も広くなった。お隣と充分間隔をとって美代子もぎこちなく体を動かし続けた。

二十分ぐらいたった頃、五分間の休憩があって、美代子は汗びっしょりになった上半身をタオルで頭から拭って拭きはらった。

前半の美代子の動きを見ていたお隣のご婦人が「初めてですか?」とねぎらいの声を掛けてくれた。

美代子は「そうなんです。普段運動しないからこたえますね！　奥様は長いんですか?」

「まだ、始めて半年程度です。無理しないでやっていきましょう」と美代子をいたわるように優しく語った。見るからに、四十歳前後で気の合いそうな感じがしていた。

インストラクターが小走りで戻ってきた。「さあ、始めましょう。今日初めての方はいますか？」とここで初めてチェックが入った。自分を含め三、四人の人が右手を上げた。

「無理しないで自分のペースでいきましょうね。しんどくなったら遠慮なく途中で休んでください」ハイテンポな曲がフロア一杯に広がった。美代子も必死に皆についていった。最後の方になると足が上がらなくなった。でも体を酷使することで毒素が混じった汗を流し出すと思うと耐えられた。後半の二十分が終わり、ゆったりした柔軟運動に入り「やり遂げた」と充足感で一杯になり、インストラクターの「お疲れ様」という言葉を聞くと床面にしばらく横たわった。

お隣のご婦人が「初日にしてはよく頑張りましたね。私は篠田と言います。よろしく」

美代子は「私は山形と言います。よろしく」と汗ばんだ顔で微笑んで返した。

「この次は何のレッスンをされるの？」

「十一時半からのホットヨガをやるんですよ。友達に勧められたからどんなものかやってみようと思うの」

「蒸し風呂みたいな室内でやるから水分補給を忘れないでね」

「そうですね。すっかり水分のこと、忘れてました。これから売店で買ってきます。奥様は、どうなさいますか?」

「今日は、これで上がりです。私はマイペースなんです。特に待っている人がいるわけでもないので、こうして時間をつぶしています。日によってはプールを選択することもあります。ここのミストサウナはドライと違い私は大好きなんです。その後、浴槽に浸かってからマッサージ機で、体をほぐすのが私のルーティーンなんです。それじゃ山形さん頑張ってください。また会いましょう」

「ありがとうございました」と軽く会釈して別れた。

美代子は、篠田さんという方はどんな生活をされているのか少し興味を持った。年齢も近いと踏んだので、話が合うかもしれないと一人で想像してみた。一つだけ引っかかった言葉があった。それは「特に待っている人がいるわけではないので」

自分の結婚生活を知ると、きっと驚かれるかもしれない。でもそれが現実の姿なのだから、聞かれれば隠すことはしない。多分篠田さんは私が結婚してから主人が障害者になったと思われるかも。もし当初から障害者と分かったうえで結婚したと説明すると、皆「どうして?」という言葉が返ってくる。そんな時、正直私は説明に窮する。自分でもうまく説明出来ないのだ。美代子はしばらく汗が引くのを、フロアの隅に座っていたが

十一時半からのホットヨガの教室に、ゆっくりした足取りで歩き出した。

教室のドアを開けて内部に入った途端、室内が蒸気で曇ったようにうっすらと靄《もや》がかかっていた。一歩室内に進んだだけでも湿度が体を包むように、汗ばんできた。よく見るとほぼ百パーセント女性たちだ。それぞれがコーナーに置かれたマットを取ってきて、好きな場所に陣取っている。美代子も初心者なので後方の位置に、お隣さんと適当な間隔を取って座って待っていた。このクラスも二十代から四十代まで幅広く、先ほどのエアロビクスよりは少し若年層が多いように思えた。皆、シェイプアップを目指しているんだ、と感心しながら、これから始まるレッスンの中身が気になった。

やがて、全身きれいな小麦色した、見るからに二十代のインストラクターが登場。

「皆さん、こんにちは。靄がかかった教室で皆さんの顔が良く見えませんが、元気ですか？」

「はーい」

「こまめに水分を取りながら自分のペースでやってくださいね」

教室にスローテンポのバックグラウンドミュージックが流れてきた。

「体をしなやかに大きく伸ばしながら、手の指先から足の指先まで、血液が流れているのを感じるように動かしましょう」

美代子自身、室内の温度は体感で三十度ぐらい、そして湿度は七十パーセントぐらいあるように思えた。丁度良い温度・湿度で瞬く間に全身から汗がしたたり落ちてきた。身長が数ミリ伸びるんじゃないかと思うぐらい体がスムースに動く。

花帆が勧めてくれたことが納得。

体内の毒素が洗い流されて清められるようで、インストラクターの動きに合わせて最後まで楽しくやることが出来た。

レッスンに取り組んでいる間は、主人のことも家政婦の美月さんのことも忘れているのでストレスの発散に、運動がうってつけであることを実感した。

「そうだ、私も篠田さんが勧めていたミストサウナを試してみよう」と思い、混雑しない間に急いでサウナ室に小走りで向かった。

すでに先客がいたが石造りの腰かけに座った。天井からは温かいミストが降り注いできて全身が霧に包まれたようで、別世界を感じることが出来た。誰かがコーナーに置かれた灼熱の石にじょうろで水をかけた。新たな蒸気が立ち上り、室内の温度が急に上昇した。汗が染み出てくるようだった。ミストサウナの中では皆、静かでそれぞれが自分の殻にこもっているようで異様にさえ思えた。

十分近くいると少し息苦しく感じられたので出た。そして大きな浴槽に身を沈めた。

浴槽の真ん中ぐらいは、ぶくぶくと泡で水面が盛り上がっていた。美代子は泡の刺激を試してみようと思い中央部に移動した。浴槽の底から泡が湧き出ていて、体に当てると心地良い刺激となった。

美代子は誰も周りにいないことを確認して、脱衣所に有った大きな全身を映す鏡の前に立ち、今日一日の成果を見届けた。心なしかウエストが締まったようにも思えると自己満足して、人の気配を感じたのでその場を離れた。

運動した後の体は心なしか、肌つやがすべすべしているのを実感、これからも週二回は続けて成果を出したいと思っていた。ジムの外に出て、秋の少しひんやりした空気に当たると、急に空腹感に襲われた。駅までの距離は少しあるが、ゆっくり歩きながら美味しいお店を見つけようと思い、ゆっくりした足取りでスポーツバッグを右手にぶらぶらさせながらけやき並木を歩いた。ジムに来るときに通った時、気が付かなかったが、けやきの幹の太さが三十センチもある大木だった。また真っすぐ上に伸びて電信柱の電線よりはるか上まで伸びていた。自治体の土木管理も木々の剪定は大仕事だろうと、山形家の庭木の手入れとダブらせて、落ち葉を踏んでいた。今年の夏の異常気象のせいだろうか、けやきの落葉が少し早いように感じた。

少し前方に立て看板を見つけた。もう少し近づいてみると、定食屋の看板だった。黒い板に白字で焼き魚定食千円とあり、かっこして「サバ」と書いてあった。定食屋の前まで来た。サバを焼くいい匂いが店外まで漂っていた。きっとおいしいに決まっていると美代子は決めつけて、腹ペコの体で暖簾を左右に分けて入った。

「いらっしゃい！」と威勢のいいお兄さんの声が迎えてくれた。

お昼の時間が過ぎていたので、近くのサラリーマンたちが一巡した後で、店内は空いていた。奥まった席に通されたので、美代子は躊躇なく「サバ焼き定食」と席に座る前に注文した。

カウンターの向こうでは頭に鉢巻をした若いお兄さんが、炭のコンロでサバを焼き始めていた。お兄さんが振り向いた時、丁度美代子と目が合ったので、お兄さんが「ジムの帰りですか？」と問うてきた。

「ハイ。どうして？」

「顔つやが良くて光って見えたもんで」

「そうですか」

「光っていますよ。お姉さんはより美しく見えます」

「ありがとうございます」

「うちはジムの利用客が多いんだけど、あまり見かけませんね」

「今日が初日なんです」

「このサバも相模湾で取れた秋サバで、初入荷です」

「ほら、脂が乗ってるから煙が立つでしょう！　旨いよ！」

店内は焼く魚の煙でいぶされたのか全体が黒ずんで、年季が入っている様子だった。

＊

美代子は「ただいま」と言い、玄関の上り口にいたところに、台所から美月さんが「お帰り、初日の感想はいかがでした？　疲れたでしょう。お食事は？」

「運動した後だったので、お腹が空いたからジムの近くの定食屋で済ませてきました」

「たまプラーザ駅近辺はオシャレな店が一杯あるでしょう」

「ジムの近くで、匂いに誘われてサバの焼き魚定食をいただいたの。美味しかったわ」

美月は美代子の顔を覗き込みながら「気のせいか若返ったみたいですよ」

「汗を流して昼間からサウナに入ってきたからじゃない？」

「きっとご主人もびっくりなさいますよ」

「そうね、夕食時に反応を見てみましょう」

美代子は、主人の気持ちを引こうなんてつもりは毛頭ないから、美月の言葉にはそれ以上の反応を示さなかった。逆に美月に向かって少し意地悪な言葉を言った。

「美月さんこそ最近色気が出てきたみたいよ」

笑いながら「毎日同じ屋根の下にいて、男っ気がない生活してるのに、益々おばさんになる一方よ。からかわないでください。私だって美代子さんみたいにフィットネスをやって都会の空気を吸ってみたいですよ」

「ごめんなさい、そういう意味で言ったんじゃないですから」

「分かっていますよ」と言い、美月は台所に戻り、主人の事務所にお茶を入れる支度をした。美月は美代子が発した「色気」という言葉に引っかかる部分があったが敢えてそれ以上に反応をしなかった。

美月はこの前の美代子が主人の入浴介助をした日の夜のことは、自分の秘め事として閉まっておきたかった。

あの日以来、悠真さんも美月との距離を少しおこうと意識していることは感じられる。美代子さんは何も知らないはずだと信じていた。

美代子さんがジムに通うようになってから、週に三日は外出する日がある。その日に限って美月はいつもよりお化粧を念入りにして、皮膚の老化現象に負けないように少しでも若さを保つべく時間をかけた。男の人は得てして鈍感だから、少しの変化には気が付かないだろうと思いつつ、主人と接する時間が長いから介助の時の仕草にも気を遣うようになった。

主人は朝方事務所に入ると、トイレと食事時間以外、出てくることはまれだ。八畳程度の広さがある事務所には、デスクとソファーがあり、くつろぐために四十インチサイズのテレビも置いてあるから、天国みたいな自分の城だ。仕事用と個人用のパソコンがあるが仕事用には長時間向かっていることが多いので、大きな画面にしているようだ。客先とはパソコンのメールでほとんど用が済み、たまに携帯電話のやり取りの声を聞くことがある。

美月は、午前と午後に、ほぼ決まった時間にお茶またはコーヒーを持っていくぐらいで仕事中は美月から声を掛けることはない。

＊

「今日の夕食は何ですか？」と悠真が食卓のテーブルの定位置に陣取った。

「今日は皆さんが好きな、すき焼きにしました。いつも買っているお肉屋さんが本日特売日で、お肉のセールをしていたから、出来るだけ脂身の少ない部位を選んできました」

「美代子さんは、今日のお昼にサバの焼き魚を召し上がったと聞きましたので、丁度良かったですね！」

「私、お肉大好きですから」

「そうか、美代子はフィットネスの初日だったんだね、体が動いた？」

「何しろ、初心者だから一番後ろで、皆に目立たない場所で、動きについていくだけで大変でした」

悠真が美代子の顔をじろりと見渡し「顔、艶がいいね、血行が良くなった証拠だよ。効果てきめんだね。どんな年齢層が中心なの？」

「エアロビクスの初級クラスは、二十歳から七十歳位までと幅が広いみたい。皆、格好良く動くというより、体を動かすことに興味がある人みたい。私の隣でリズムをとっていた篠田さんという方は、年は同じくらいかな。マイペースでやるのが一番、とおっしゃっていた。その方が運動した後でミストサウナに入るのが好きで、ゆったり時間を使って終わりに湯船に浸かって半日、のんびりするそうです」

「たまプラーザ近辺は、急に開けた新興住宅地で、東京辺りから引っ越してきた中高年のお金持ちが住んでるからね。ジムの客層もそうでしょう」

「そう言われれば、室内の雰囲気が垢ぬけているように思える。気のせいかな」と自分の立場がどのへんか少し戸惑って返事を返した。

悠真は、フィットネスクラブの話を聞いていて、自分も満足な体であったなら、美代子と一緒にジムでウエイトトレーニングをしていただろうと、悔しさを隠しながら、美代子の満足そうな表情を楽しんでいた。

一方で、美月にも気を使いながら悠真は「美月も時間が許せばやってもいいんだよ」

「ありがとう、でも、私は運動オンチだから」

「ジムにはいろんなメニューがあるんだよ。プールもランニングも機械もダンスも、自分に合ったものから始めればいいのだよ。ちゃんとインストラクターの若いお兄さんも付いているから、手取り足取りで教えてくれるよ。まだ家にこもる年齢じゃないから」

悠真は、普段、自分にかかりきりになっている、美月にも気を使っている素振りを見せ、二人の女性の間で微妙な雰囲気を感じ取っていた。

美月が美代子に向かって「テレビの宣伝で使用前、使用後の体を見せてるどこかのジムのコマーシャルを見ていて感じるんだけど、あれって本当にスリムになるんですかね？」

「私もよく分からないけど、パーソナルトレーナーが専属について、何か月間も食事療法を取り入れながらやるんじゃないの？　ずんぐりむっくりの体が腰回りがくびれて、贅肉がどっかへ行ってしまったようね。そして顔の表情まで締まってくるのは不思議」

「美代子さんもそのように感じました？」

「マジックにかかったようだもんね。視聴者に訴える効果は抜群よ」

側でじっと聞いていた悠真が真面目な顔で「全てお金だよ」と吐き捨てるように言った。

「そうか、時間とお金をかければある程度は叶うのね」美月は別世界のことのように思い半分諦めた表情を見せた。

「美月さん、美容の世界も同じよ。高価な化粧品を使えばある程度効果が現れるのと似てるわ。でも基本は土台よ。女性なんか顔の輪郭がそこそこであれば後は各パーツの問題で化粧方法が決め手になるのよ。美月さんは小顔だし肌もきれいだから、出るところに出れば見違えますよ」

「変化に挑戦しようかしら」とまんざらでもない素振りをして見せた。

「おいおい、僕が困るよ、放置されると野たれ死になってしまうよ」

「大丈夫ですよ。美月さんまで見放しませんから。付き添いの女性が美しいほど悠真さんも気分がいいでしょう。特に月に一度のリハビリなんか都心に出かけるんだから、他人の目にもたくさん触れるからね。美月さんだって奥さんに間違えられたっていいものね」

「私は奥さんの代わりは務まりませんよ」

「四十に目覚める、とか言ってね」

「とっくに四十は過ぎてますよ、からかわないでください」

「美月さんは小柄だから私なんかより、若く見えますよ」

「何をたわいもない話をしているんだね、どちらも五十歩百歩だよ。今日のすき焼きのお肉美味しかったよ。特売日でワンランク上の肉を買って来たんだね。やはり物の価値はお金で決まるね」

「悠真さん、良いとこに気が付きましたね、女の価値もお金で決まるの。そうでしょう、美月さん」

「同感です」

美代子は椅子から立ち上がろうとしたとき、食後のすき焼きの匂いが部屋中に籠ったのを感じ取って「美月さん換気扇をしばらくの間、強にしておくといいわ」

「そうですね、私は鈍感だから」

「でも美味しかった。ごちそうさまでした」と満足そうな表情で美代子は食卓を後にした。

自室に戻った美代子は庭に面した窓のカーテンを閉めながら、夏の間に成長した枝を見て、手入れの時期をいつにするか考えていた。暗くなった部屋のデスク上のスタンドの明かりを点けて、一息深呼吸しながら椅子に深く腰掛けた。しばらく目の前の小さな鏡を覗きながら右手の親指と薬指で目頭を押さえた。いつもの癖で、そうすることで視力が活力を増すような気がするから。デスク上に閉じられた読みかけの本を手にして、栞を挟んだページを開いた。美代子は最近購入する本は文庫本が主で、かさばらないから好きだ。また堅苦しい内容の本は読んでいて疲れるから、ファンタジーものかラブストーリーを好んで読んでいる。

今、読みかけの小説は「子供のいない中年夫婦が日常の会話も少なく、都内の大手飲料企業に勤務する夫は仕事一筋に打ち込み、取引先の接待を理由に毎晩遅くまで飲み歩いて、妻が寝静まった時間に持参の合鍵で、物音を立てないようにして帰宅。寝室も別にして、家庭を顧みる余裕もない生活の中で、妻も自分の生きる場を探すが、だんだんと殻に閉じこもるようになり、我慢の糸が切れて、ある日の夕方、妻は食卓のテーブルに置手紙を置いて家を出る」という筋書きに共感を抱き、毎晩、寝る前の一、二時間キリの良い所まで読み進む。入浴後に読むときは、自然と睡魔がやってきて寝つきが良い。

美代子は、小説の中の主人公に重ね合わせるように、現状の生活をこのまま続けていいものか疑問を感じることもあり、我が家の家庭という器には何かが欠けているように、時折思いにふけることが多くなった。

テレビドラマに見る、子供のいる家庭で、笑い声や子供たちの言い争う言葉の嵐の中での生活を望んでいたわけではないが、山形家のような大人三人だけの殺風景な生活に何か物足りなさを感じて、自分が結婚生活を描いたキャンバスは何だったのだろうかと、いかにもあいまいな思考で今の道を選んだことを、振り返ってみることがある。

元スポーツマンらしく、主人は障害者となってしまった自分が社会の邪魔者ではないのかと、じめじめした思いを吹っ切って前向きに生きようとしている。子供がいる生活を初めから望んでいたわけじゃないけど、夫婦間に隙間があるようでならない。主人は下半身の自由が利かないことが災いして、男性としての性欲もその時からなくしていた。

美代子は、もし、結婚した後に何らかの事故で障害を持ってしまったなら、夫婦の思いも違ったものになっていたかもしれないと、考えることもあった。多分、その時は結婚当時の愛情が残っていたから、障害者になっても愛情が下支えになっているから、簡単には崩れないのかも、と仮定空間を思い描くこともある。

読みかけの本を見開いたまま、デスクに裏返しに伏せて考え事をしていた時、風呂場の方角でガタンという物音がした。きっと主人が入浴しているのだろう、と思いながら体の向きを少し変えた。耳だけは一つ部屋を隔てた風呂場の方に指向性アンテナを立てていた。美月さんの甲高い声がお風呂場の湿度の中で、こもったような音声に聞こえたが、何を話しているのかまでは聞き取れなかった。別に深入りして、聞き耳を立てることもないと美代子は分かっているが、先日の深夜の主人の部屋での出来事があったばかりだったから、ほんの少しばかり気持ちに揺らぎがあったのかもしれない。これまでは美代子は美月さんの入浴介助の時間帯に特に意識もまた関心も寄せていなかった。この前の事があってから少しだけ覗き見的な興味が働いたのも女の性なのかもしれない。

いつも主人の入浴介助は出てくるまで三十分位で、熱めの湯が好きで湯船にはそう長くは浸かっていないそうだ。美月さんは長年やっているので、動作も機敏で重い悠真の体もひょいと簡単に移動させる、流石ベテランの仕業だ。

いつも、主人の入浴が終わると、美月さんが「終わりましたよ」と声を掛けてくれるので、美代子はその後、身支度をして入浴する。

今日は、夕食がすき焼きだったので、脂ぎった煙が充満した部屋に長話しながらいたから、体中、すき焼きの匂いがまとわりついているようだったので、頭のてっぺんから足のつま先まで、洗剤をたっぷり体に泡を塗りたくり、童心にかえったようにはしゃいだ。

湯船にはいつもは十分以内ぐらいしか浸かっていないが、お風呂場に掛かっている時計を見ながら、汗がにじみ出てくるまで二十分もいた。

先ほどまで読んでいた小説を思い出しながら、主人公の妻がどうして置手紙をして家を出てしまったのか、そこに至る心の葛藤が早く知りたくなって、就寝前にベッドの上で続きを読むのを楽しみにしていた。

＊

美代子は十時のジムのオープンと同時に更衣室に入った。そこにはエアロビクスの初級クラスの顔見知りの数人も一緒だった。軽く会釈をした。室内は女性の化粧品の香りが入り混じって特有の匂いが充満していた。美代子はその場から少しでも早く逃げ出したくて素早く着替えてフロアに出た。

美代子の今日のウエアは、上は白のTシャツに、下は黒の長いパンツにした。周りの人を見ても何着かのスポーツウエアを順繰りに着まわしていることが分かった。

レッスンが始まる間際に、篠田さんが「山形さん、おはようございます」と息を弾ませていつもの定位置に陣取った。「今日は家を出ようとしたときに電話があったもので、いつもの電車に乗り遅れちゃったの」そう言いながら清々しいにこやかな顔でレッスンが始まるまでの間、体を好きなように動かしながら、朝方の硬い体をほぐしていた。

周りの人も同じように柔軟体操をして、インストラクターが来るのを待っていた。

美代子は、初めて参加した時と違い、緊張を感じることなく、周囲に目をやる余裕もあった。インストラクターが駆け足でやって来て、鏡の前に立った。いつものように「皆さん元気してますか?」と言うなり、リズムを刻む音楽が流れ、フロア全体が躍動感に包まれた。

二十分も動くとすでに上半身が汗ばんできた。休憩時間になったとき、お隣の篠田さんが近寄ってきて「山形さん、今日、よろしかったらこのレッスンが終わりいつものミストサウナと風呂に浸かった後、お茶しません？　どうかしら？」と誘ってきた。

美代子は、初対面の時から篠田さんとは、同年配ぐらいで気が合いそう、と思っていたので「喜んで。いつもは次のホットヨガも受けるんだけど、今日は大丈夫」

篠田さんは嬉しそうに「私、独り身だから、貴女みたいなお友達が欲しかったのよ」と素直に喜びを顔に出した表情をした。そして「後半頑張りましょうね」とポンと美代子の肩口をたたき定位置に戻った。

美代子は品の良さそうな篠田さんに初対面の時から好印象を抱いていたが、まさか彼女の方から声を掛けてくるとは思っていなかった。自分も毎日単調な生活を送っているので、話し相手がほしかった。エアロビクスのリズムを合わせながら少し嬉しくなった。

篠田さんが「私、独り身だから」とふと漏らした言葉に興味を持った。どんな人生を送ってこられたのか、早く篠田さんの口から聞いてみたかった。

インストラクターの「ハイ、お疲れ様」というレッスン終了の声で、一同バラバラになっていったが、篠田さんが「山形さん、サウナの後、支度が整ったらフロントで待ち合わせしましょう。ゆっくり湯船にも浸かってくださいね、じゃあ」と右手を上げて先にフロアを離れた。

美代子は篠田さんの後姿を目で追いながら、スラッと伸びた足や均整の取れた体型をみて、どんな生活を送っているのか、食生活にも興味を持った。ひょっとしたらミストサウナで一緒になるかもしれない、と思いロッカールームへ後を追った。

美代子には同年配の女性として、裸の体型にも覗き見的な興味があり、ミストサウナなら室内が靄がかかっているので、悪趣味だと思いながらも、それとなく観察するのに好都合だと一人合点していた。

サウナ室にはすでに五人の先客がいた。奥まった場所の椅子に篠田さんのシルエットを見つけたが、美代子は入り口近くの椅子に腰かけて、十分位汗が流れ出すまで我慢していた。その時、篠田さんが立ち上がり、出口に向かいながら美代子に気が付き、軽く会釈して出て行った。

美代子は篠田さんが「独り身」と言っていた理由が納得出来たような気がしていた。なぜならウエストがくびれており、全身に張りのある体型を維持されているから、多分出産の経験はないと踏んでいた。

そう思いながら自身の腹部周りをそっと撫ぜて、もっと頑張らなくちゃ、と独り言を言いながらつばを飲み込んだ。

サウナ室に後続の人たちが入ってきて、出入りが頻繁になるに従い室内の温度が下がってきた。手慣れた人が蒸気が出るように、コーナーの火窯に水をかけた。しばらくすると蒸気が立ち上り室内の温度が急に上昇した。美代子はタイミングを見計らって出た。

ほてった体のまま、浴槽に肩まで浸かり、ジェット水流が出ているところに背を向けてしばらく腰のあたりに、気持ち良さそうに水流を当てていた。

美代子はこれまで大衆浴場には行ったことはなく、五年ほど前に箱根の温泉に家族で行って以来、大浴場は久しぶりだった。また意識して他人の裸を見た記憶もなく、今日、篠田さんの誘いを受けて、改めて観察したのだった。

服装を整えて、フロントに行くと篠田さんがソファーに座って雑誌を読んでいたところだった。

美代子は「ごめんなさい。待ちました？　気持ち良かったから湯船でジェット水流に長く当たっていました」

篠田さんも「気持ちいいよね」と同調して言った。

「駅までぶらぶら歩きましょうか？」

美代子は「私、駅から真っすぐ伸びている、けやき並木を歩くのが好きなんです。丁度今頃は落ち葉が歩道に一杯散らばっていて、その上をわざと踏みしめて歩き、落ち葉が砕ける音を聞くのが秋を感じます」

「あら、詩的ね」

「先日もジムが終わった後、昼過ぎに歩きながら、焼き魚の匂いに誘われて定食屋でお昼を食べました」

「そうだったの。あそこの定食屋はお魚が新鮮で評判がいいのよ。お昼時はいつもお店の前に列をなしてお客が待っている状態よ」

「篠田さん、ご存じだったんですか」

「そうよ、私は地元だからこの辺は詳しいわ。あそこの店主は湘南の腰越漁港に船を持っていて、週に三日は相模湾で魚を捕るらしいですよ。だからいつも季節の新鮮な魚が食べられるのよ。この前、店主と話をしていたら、漁の話になり、早朝4時頃に自宅を出ると言ってました」

「なるほどね」と感心したように頭を上下に振った。

「ところで山形さんの住まいはどちら?」

「私は青葉台です」

「まだ緑が残っていて、いいとこですね。私はたまプラーザ駅のお隣の、あざみ野なの。だから先ほど地元だと言ったの」

二人はけやき並木をおしゃべりしながらたまプラーザ駅に向かった。二人の手にはジムの着替えが入ったトートバッグを下げていた。二人は並んで歩いていたが、風の向きによって篠田さんの付けている香水の甘い香りが美代子の鼻先を通り抜けていった。

気づいた美代子が「いい香水の匂いですね。さわやかで秋の季節にピッタリですわ」

「昨年ヨーロッパ旅行に行った時、パリで買ったの。香りって、選ぶの難しいでしょう。だから店員さんが選んでくれた二、三点の中から選んだの」

「私は、この香りが、嫌味が無くて好きです」

「ありがとう。選んだのが正しかった証拠ね」

「旅行はよく行かれるのですか?」

「独り身になってから、気が向いた時に空の人になっているわ」

「一人旅行は気軽でいいですものね」

おしゃべりしている間に、いつの間にか駅に着いた。「プラザ21のビルの中に最近オープンしたカフェがあるの。そのお店に入ってみましょうか?」と篠田さんがビルの二階に繋がるエスカレーターを指さした。

美代子が「私、このビル初めてです。いろんなお店が入っているのですね。やはりたまプラーザは開けていますね」と言いながら、周りを物珍しくキョロキョロしていた。

「ここなんです」とお店の前で立ち止まった。

「ポーズ　カフェ。面白い名前ですね!」

「フランス語で〝一休み〟というらしいですよ」

篠田さんはこれまでも何度も来たことがあるようで、店員さんから「こんにちは」と声掛けがあった。にこやかに会釈して、店員さんの案内で二人は駅前広場がガラス越しに見えるテーブルに着いた。

店員さんが「お食事にされますか？」と篠田さんの方を見て聞いたので「山形さん、少しお昼には早いけど済ませましょうか？」と同意を求めて来たので「そうしましょう」と言って、深く椅子に腰掛けた。

周囲はガラス張りで明るく、特に広場が見える窓側の席は弱々しい屈折した太陽の陽ざしが差し込んで、二人のテーブルを明るくしていた。

篠田さんが「朝方運動すると、昼頃になると心地良い疲労感が出てくるわね。本来、人間の体は、午前中は夜の延長戦で体は休んでいるのよ。それに反して動かすもんだから体が反抗しているんだね」

「原始時代は、多分午前中は狩りに行かなかったのよ」と応じた。

二人は店員さんが持ってきたメニューを見ながら、しばらく沈黙の時間が流れた。

篠田さんが「決まりました？　ここのランチプレートは女性たちに人気なんで

すよ。限定二十食で、プレートに新鮮なサラダ、焼き魚、お肉、魚介がフランス風に仕立ててあるの。フランスパンも焼きたてで美味しいわよ」

「じゃあ、それにします」とあっさりと篠田さんのお勧めに相乗りした。

「私たちはジムで何度も会っているけど、ほぼ年齢が近いかな、くらいしか知らないのよね。でもお友達になれて良かった」

「私も、篠田さんが『私は独り身だから』とおっしゃったことに少し興味があったの。どんな人生を歩んでこられたのか、何か参考になるかと思い、気になっていました」

「あら、そうなんですか。私は二年前に離婚して、それまで生活していた二子玉川からあざみ野に越してきたの。二子玉川は私の実家があった所で、結婚した時に何かと便利ではないかとの思いから、実家近くのマンションにいたの。子供の頃、多摩川の河川敷でよく遊びました。だから思い出が一杯詰まった土地だったから、いつまでも住みたかった」

「離婚の原因を聞いてもいいですか？」

篠田さんは、少し頭を上に向けて目を閉じてから、おもむろに「世間でよくあることよ」と言った。

「私たちは、大学のクラブ活動の先輩、後輩の間柄で彼は二年上だった。彼は卒業後、大手化学会社に就職して、総務部に勤務していた。私は卒業して、二年間専門学校で服飾デザインの勉強をした後、大手アパレル会社に就職して、婦人服のマーケティングの仕事に就いたの。その後も先輩とは浅い付き合いが続いた。当初私は結婚願望は全くなくて、婦人服のマーケティングの仕事が面白くて、地方への出張なんかも苦じゃなかった。三十才近くになったときに、彼からプロポーズを受けたの。自分は仕事が恋人みたいな生活を送っていたから、気が進まなかったけど、両親に相談したら、もういい年だから決めたらどうと背中を押されたの。両親からは『結婚しても今の仕事を続けたいと彼に条件を提示すればいいことでしょう』と説得された。丁度三十歳の時だったね」

「篠田さんの仕事はやりがいが有りそうね」

「来年の流行のデザインや色調などを調べて仕入れ先へ発注したり、デパートなどの販売先を回り、自分の目で売り場の動向やお客さんの意見を直接聞くのも仕事なので、毎日変化があります。ただ勤務がシフト制なので、皆がお休みの土、日が必ずしも休日にならない点がすれ違いですね」

「すれ違い、というと何？」

「すれ違いが元で離婚したということなのです」

「ご主人は納得されたのですか？」

篠田さんは少し間をとってから、

「主人の実家は福井県で、お父様が地方公務員、そして母親が地元の中学校の教師という、保守的な家庭に育っているものだから、嫁は家にいて家庭を守るもの、というのが子供の頃から植え付けられてきている。だから結婚生活四、五年経った頃に仕事を辞めてくれないかという発言が増えてきた。私たちには子供がいないから、私にも言い分があって、毎日家にいて何をすればいいのか、お互いに口数が少なくなっていった。彼はお酒も飲まない真面目人間を画に描いたみたいな人だから、家庭内から潤いが消えていたね」

少し沈んだ話になって来た時、オーダーしたランチプレートが目の前のテーブルに置かれた。プレート上がお花畑みたいにカラフルに仕上げされていた。美代子はバッグからスマホを取り出し、食事前のプレートをカメラに収めた。

「山形さんはいつもそうなさるの?」と美代子の一連の仕草を眺めていた。

「レストランで食事する時など、珍しい食事は後々の話の種のために、一応記録しておきます。よく若い女性たちは『映える』と言いながらスマホで写真をとっていますよね。おばさんには似合わないかもしれませんが」

「おばさんだなんて、山形さんは十分若見えしますよ」

「ありがとうございます」

二人はきれいに盛り付けされたプレートを見つめながら、右手にフォークを持ってどこから手を付けようか、と迷っていた。そして篠田さんが「盛り付けを壊すのがもったいないね」と言いながら、最初にサラダから手を付けた。美代子も「ドレッシングのかけ方が絵画のようで、流石、フランス流ですね」

しばらく、無言でプレートの盛り付けを壊し始めた。ほぼ終わりに近づいた頃、店員さんが来て、「飲み物は何にされますか?」とタイミング良く聞いてきた。

篠田さんは「私はブレンド」続いて美代子が「アールグレイの紅茶、お願いします」と言うと、篠田さんが「山形さんは渋いのね。紅茶派ですか?」

「そうなんです。イギリス資本の船会社に勤務していたものですから、自然と身に付いてしまったの」

「外資系の会社だったんですか。だからどこか垢抜けしていらっしゃると思っていました。ところで事務所はどちらに?」

「東京の丸の内です」

「なるほど。英語なんかペラペラなのでしょう?」

「そんなことないですよ。何とか意思疎通が出来る程度です」

美代子は自分のことより、篠田さんのことがもっと知りたくて話の方向を切り替えて、

「篠田さんは先ほど、ご主人との会話も少なくなってきた、とおっしゃいましたが、ご主人は帰宅が遅い方なんですか?」

「総務関係の仕事と聞いていますが、中身はよく知りません。しかし会社の職制で四十歳ぐらいになると、中堅社員で責任も重い仕事をしているらしく、会社の中で上司などとのお付き合いで、毎日帰宅は十時過ぎでした。決算の関係で四半期毎の月末から月初が忙しい時期で大変みたい。本人はお酒が飲めないからお付き合いも辛かったと思います。若い時は共稼ぎで、私が外に出て働くことに対して、

文句を言わなかったのですが、自分が管理職になり、稼ぎが少し良くなると妻を家に縛り付けたくなるという領分はどういうことなんですかね。私の勤務がシフト制で、二人の休日がずれていることが気に食わなかったみたい」

「子供さんがいないことで、接着剤の役目が欠如していることも一因ですか？でも、恵まれないのは仕方ないことですよね」と篠田さんに同情した。

「結婚当初は、お互い若いから二人だけの生活に何も不満は無かった。でも数年が経つと、何かが足りないと感じるようになったね。恋愛感情が薄れ、生活にほころびが目立つようになった。山形さんの所はどう？」

「私たちの場合は、お見合い結婚だし、初めから恋愛感情抜きでスタートでしたから」

美代子はこれ以上、自分たちの生活に踏み込まないで、と言う気持ちで篠田さんの次の言葉にヒヤヒヤしていた。そして篠田さんが自身の続きを話し始めたので、ほっとした。

「無風状態のような期間が何年か続いた時、私も仕事が面白くなってきた頃で、主人が希望するように仕事を辞めて家に入ることは毛頭考えていなかった。だから夫婦とは名ばかりで、会話が無く同居人のような暮らしが続いたの。別に夫婦喧嘩しているわけでもなく非生産的な日々を送っていることに疑問を感じ、このまま年月を過ごすことに不安を感じたの。丁度、そんな時、偶然友人に紹介されたある講演会に行ったの。『生きる』というテーマだった。一度しかない人生を悔いのない生き方をしてこそ幸せだと理解出来た。その後、しばらくの間自分なりに過去、現在、未来を冷静にトレースしてみた。そして結論として、私の方から夫婦関係を解消したいと申し入れたの。それが丁度二年前ね。私の我がままだから、主人に何も要求しなかった」

「ご主人は受け入れたの？」

篠田さんは美代子の質問に対して、即答を避けて、少し眉間にしわを寄せて絞り出すように「全ては私の身勝手なの。夫婦間が冷めきっていたから、一つの屋根の下で生活する意味を見出せなかったから、お互いが束縛されずに自由になるのが幸せじゃないかと考えた」

「それで」

「彼も、仕事を続けるという私の性格を知っていて、お互いに残された人生が長いから好きな道を歩もう、と言ってくれたの」

「その時の決断は、今思うと、正しかったですか？　夫婦の間では会話の時間が大事ですね」

「私も決断するまで、気持ちが揺れ動き、鉛筆で書き損じた文章を消しゴムで消すように何度も気持ちを書き直した。その時が一番つらかったね」

「分かるような気がする」と一言言って、窓の外に視線を送った。多分自分の今の気持ちに重ね合わせていた。

「そうよ、山形さんも注意遊ばせ。二人で篠田、山形と苗字で呼び合うのはいかにも他人行儀ね。これからはお友達になったのだから、下の名前で呼びましょうよ。

私は『陽子』。山形さんは？」

「私は『美代子』と言います」

「素敵な名前ね。美代子さんは青葉台でしたわね？　長いんですか？」

「まだ二年程です」

「お子さんは？」

「いません。主人と二人きりです」

「ご主人のお仕事、伺ってもいいかしら？」

「主人は在宅で個人事務所をやっていて、情報処理関係の仕事だと言っていました。私もよく知らないのです」と言い、笑いながらとぼけて見せた。美代子はこれ以上のことには踏み込んでもらいたくなかったので、美代子が他の話題に振り向けようとしたが、陽子さんが「在宅だとご一緒の時間が長く、楽しいでしょう」

「そうでもないのですよ。一度事務所に入ると、なかなか出てきませんし、私も仕事の邪魔になると思い遠慮しています」

「外部の人との往来は無いのですか？」

「今はパソコンさえあれば、外出しなくとも仕事が完結するようですよ」

「ずいぶんと孤独な仕事ですね。精神力が強くないとダメですね。何か学生の時にスポーツでもやっておられたのかしら」

美代子はそこまで探りを入れられると、これ以上主人の病気のことを触れないで済ませないと思った。

「実はね、主人は下半身が麻痺していて、車いすの生活なのです。先ほど指摘されたスポーツ、ラグビーをやっていて事故に遭ったのです。大学四年の時でしたから、就職も他の人たちと同じような勤務が出来ず、在宅で出来る仕事を選んだようです。お父様が健在なときは地元で手広く不動産業を営んでおり、父親が残してくれた資産で食いつないでいます」

「ごめんなさいね。つらいことを言わせてしまって」

「構わないですよ。私は障害を持っていることを承知で結婚しましたから。でも何もしないのですよ。ベテランの家政婦さんが家庭内のこと、夫の入浴介助からリハビリまで全てやってくれますので、私は自由な身なのです」

何の屈託もなく、すらすらと話してくれたことに陽子は少しあっけに取られていた。陽子には到底出来ないかも、ということがすぐ脳裏を駆け巡った。

「美代子さん立派ね。結婚の相手が障害を持っていることを承知で承諾されたのでしょう。どのような生活を夢見ておられたのかしら。あなたほどの容姿なら、引く手あまただったろうに。私には決断出来ない」

「私は、二十九歳の時に恋愛に失敗しているの。それがトラウマになっており、結婚願望が消えうせたの」

「トラウマとは?」

「彼がマザコンで、なんでも母親の言いなりだったの。二年以上もお付き合いしながら母親に私のことを話していなかったのね。だから彼が追い詰められて、結婚の話を初めて母親に話した時、『貴方のお相手は母が決めます』と一言ピシャリと言われてしまい、彼は反論も出来なかったということです」

「昔を思い出させましたね。でもどうして今回、決断されたのですか？　決め手は何だったのですか？」陽子は犯罪人の取り調べのように、次々に質問を浴びせた。

「お見合いの席上で、彼に『山形家を守ってくれること、そして貴女は自由に趣味に生きてくれていいのです。私の身の回りや家事全般は家政婦さんがやりますから』と言われたの」

「自由、そして趣味に生きる。何か映画のストーリーにあるみたいね」

「トラウマの一件があったから、特に趣味に生きるというフレーズに惹かれました。一般的な主婦に課せられている、炊事家事全般から解放されることは魅力でした。でもその時は障害者の将来のことや一つの屋根の下に女が二人いる違和感に気が回らなかった」

「家政婦さんはおばさんなの？」

「山形家の親戚に当たる人で、私より五歳ぐらい上だけど、独身で小柄だから、若く見えるわ」

美代子はあまり詳しい事情を話したくなかったので、事実関係だけ話して、間を置くように紅茶を口にした。

「同年配の女性が一つ屋根の下に……何か問題でも起こった？」

「私の思い違いかもしれないから」

「面白そうだけど、深くは追及しないわ。でも美代子さんは時間を持て余すでしょう。ご主人との日常の会話も少ないようだし、実際、趣味に生きる生活が出来ていますか？」

「週に一度はパステル画の教室に通い、二日はスポーツジム通いです。ほかの日は読書ぐらいですかね。陽子さんみたいに仕事を持ってないから、日常にメリハリが無いのです。だから、時々仕事に就きたいという思いが沸き上がってくる時があります」

「もしそうなったらご主人との生活はどうなるの？」と自分のことのように、陽子は美代子の顔を覗き込むように聞いた。

「私の存在感が主人にはあまり重い比重になっていない気がする。多分空気みたいな存在かもね」

「家政婦さんの存在が大きいのよ。ご主人が大学生の時に障害者となり、それ以来、身の回りの世話、全てをやってきたわけだから。姉さん女房みたいな存在だね」

「姉さん女房ね。ぴったしの表現だわ。家政婦さんは美月さんと言うんだけど、私より主人の体のことは知っているかもね。私は入浴介助一つ満足に出来ないから、あれって大変ですよ。ラグビーをやっていた人だから、体型ががっしりしていて、体重もそれなりに重く体の移動は重労働です。この前、普段何もしてあげられないから、入浴介助をやってみたの。シャワーの扱いだって、片手で上手く背中を流す動作一つが四苦八苦で、最後はシャワーのお湯を、自分の体に浴びてしまいました。それ以来、入浴介助はやっていません」

「家族の一員同様に、同居して家事全般から入浴介助、そしてリハビリまで、家政婦さんの美月さんが付きっ切りで世話するのだったら、お互いに情も以心伝心に移りますね」と微妙な男女の関係を指摘した。

「私は鈍感なのか、想像力が欠如しているのか、これまでそんな目で見たことが無かった。今日から注意深く観察してみます。陽子さんは、今はキャリアウーマンとして毎日張りのある生活をされていますが、これから先の老後の人生について考えたことありますか？」

「考えたくはないけど、すぐやって来るのよね、老後の資金なんかも今から考えておかないと、路上生活者になりますね。だから現在ある程度収入がある時に、個人年金などの老後の資金対策をやり始めたところなの。美代子さんは資産家の山形家に嫁いだのだから、安心じゃない？」

「でもこの先のことは分からない」ととっさに本心が出てしまった。

「何か悩み事でもあるの？」

「いや別に」

「何か意味深ね。聞かないことにする」

二人とも、まだ知り合って日が浅いにもかかわらず、かなりプライベートな部分まで話題に乗せ、陽子は普段会社関係の友人にも明かさなかった夫婦の微妙な事柄まで、話したのは、職場からは縁遠い美代子だからという、安心感からだった。美代子も同じで、初対面の時から身近な友人になれそうという先入観があった。

美代子は身近な人から、ご主人との別れの原因になったことを聞き、改めて自分の置かれた立場を見つめ直すきっかけになったが、どことなく消化不良の部分があり、自分の心が迷い、そして揺れ動いていることを実感した。

「話し込んでいるうちに飲み物が冷めちゃいましたね。もう一杯お代わりしましょうか?」と陽子に聞いた。

「そうね、私は、今度は美代子さんのまねをして紅茶にしようかな」

「私は気分を変えてアップルティーにするわ」

美代子は入り口の方向に向かって、店員さんに右手で合図した。「アップルティーと陽子さんはアールグレイでいいわね」

美代子は最近知り合ったばかりの人と、個人的なことまで踏み込んで話をしたことはなかった。どうして深い話まで話すようになったのか、自分でも分からないが、そこには主人の束縛から解放され、自立の道を歩み始めた陽子さんの人生に、ひょっとしたら自分も同じ道をどこかで求めているのではないかという、潜在意識が歯車のようにかみ合っているのかもしれないと感じ取っていた。

陽子が「美代子さんは実家はどちら?」と聞いてきた。

「私は横浜、元町です」

「やっぱりそうだったのですか。どこか洗練して、都会の香りを感じ取っていたの。元町というと、何かご商売でも?」

「ええ、昔ながらの呉服店を、母がやっています。もう時代遅れですわ」

「そうね、暖簾を守ることすら難しい時代ね。若い人の需要は期待出来ないし、これまでのご婦人たちのお得意さんが、最後の世代になるかもしれませんね」

「幸いなことに、実家は大正時代から数えて母が三代目なのです。先祖から引き継いだ元町の土地だけが大きな資産価値になります。兄弟は二人姉妹で妹がいます。私の結婚相手が車いすの障害を持っていることを承知で結婚したと告げると、皆、どうして? と聞かれる。別にボランティアの精神で決めたわけじゃないけど、年齢的にも四十を前にして、不安定な状態であったことは確かね。母からも四十前にはお嫁に行ってもらいたいという、暗黙のプレッシャーを感じていた。小学校から大学までキリスト教系の学校に通っていたせいか、隣人愛に満ちた教育のお陰で、健常者と障害者という区別が自分の中にはなかったかもしれない。でも実体験してみると『これで良かったのか』と就寝時、静まり返った自室で考えにふけることがあります」

「美代子さんはミッションスクールだったの？　教育って怖いですね。人間を洗脳する力が知らず知らずに働いているから。別に悪い意味ではなくてよ」

「キリスト教にもいろんな宗派がありますが、イエズス会はスペインが本拠地で、今年の夏、アンダルシア地方を巡るツアーにお一人様参加して、いい経験をしました。本場のパエリアやブイヤベースなど、しっかり味をインプットしてきました」

「今年のヨーロッパは暑かったらしいですね、新聞・テレビのニュースで見ましたよ」

「確か、四十度を超えた日がありましたが、乾燥した気候だったので、私にはモーレツな暑さには感じませんでしたね」

「陽子さんは、ご旅行はお好きですか？」

「私はこう見えても、古風で地方の温泉巡り、特にさびれた温泉場が好きですね。仕事がら、長期のお休みが取りにくいので、海外は興味はあるけど、無理だわ。三日間ぐらいが自由になるので、私も一人旅が好きです。今度、東北地方の温泉を巡りませんか？　美代子さんとなら気が合いそうだから、是非ご一緒しましょう」

「そうですね、私も行きたいです。中年女性の裸も湯煙のなかで、適当にぼやけてかっこいい肢体に見えるかもしれないですね」と美代子は目を輝かせた。

「貴女もそうだけど、お産の経験がないから、ジムのお風呂で拝見したところ、腰回りもくびれていて、若い人に見劣りしないですよ」

「恥ずかしいですね。しっかり観察していたのですね」

「女ですから、同年配の方はどうしても気になるから。私って変かしら」

「同じですよ。私だってそれとはなしに、見ていましたよ」とお互いの行動を明かしながら、大きな声で笑い転げた。ふと我に返り、周囲の目線が気になったのか、急に声を細めて肩を少ししぼめる仕草をした。

美代子が何を思ったのか「一つだけ伺ってもいいですか？　離婚される数年間は会話なく、同居人みたいな生活を送っていたと聞きましたが、寝室が別々だったのですか？」

「もちろんよ、生活のパターンも違っていたから、まして肌を合わせるなんて、考えられなかった。私も一人の方がぐっすり眠れたから。責任ある仕事を持っている女性は一日中戦場で働いているから、家に帰ると心身ともにぐったりになった。貴女は現役の時はどうだった？」

「私の場合、内勤で事務職に近かったから、上手く泳いでいた」

「美代子さんの所は、寝室はご一緒？」

「いや、別なのです。主人が気を使ってくれたの。夜中にトイレに行くときなど、車いすだとどうしても音を立てるから、と言って一人の方が安心出来るらしい。脊髄の神経が損傷しているので、子供も作れないことは承知の上で、下半身の自由が利かないことに慣れきったと聞いています」

「男性機能まで失う事故だったのか、気の毒だね」

「主人は同情されるのが嫌いみたいで、健常者と同じように、接してほしいらしいの」

「そうは言っても、周囲がどうしても気を遣うよ。家政婦の美月さんは貴方の主人のことを男として見ているのかな。それとも介護対象の物体として、とらえているのか興味があるね。何しろ姉さん女房の如く、年齢も近いから。私って、変に勘繰りし過ぎかしら！」

「まともだと思う。さっき言ったように、一つの屋根の下で男一人、女二人が生活している。それも年齢が近い者たちが。私はこれまで他人の目を意識したことが無かった。でもよく考えて見ると、他人からは家政婦の美月さんだって、奥さんと見られているかもしれないね。彼女は、いつも身なりはこぎれいに、薄化粧もしているから。逆に私はお手伝いさんと思われてないかしら。別にいいけどね」

「私は美月さんにお目にかかったことないから、軽々しく言えないけど、貴女がおっしゃっていたように、小柄でお化粧をしていれば奥さんにだって見間違えられるよね。今度山形さんのお家に是非伺って、美月さんを拝見したい。私って悪趣味ね」

「何もお構い出来ませんが、是非お出でください」美代子は別に社交辞令でもなく、陽子さんの来訪を歓迎する気持ちを素直に表現した。

「本当、嬉しいわ。今日、こんな素敵な時間を持てて良かった。美代子さんのことが深く知ることが出来たし、なんか本音で話が出来る友達になれそう。心の悩みも吐露出来る戦友よ。短い会話の行間から美代子さんが悩み、揺れ動いていること、『自由はあるけど心は満たされていない』気持ちが分かった。何か私にも力になれるかもしれないから、頼りにして」

「ありがとう。言葉の行間を読んでダイレクトに表現しにくいところを、推察するところなんて、流石マーケティングの仕事を、第一線でこなしている陽子さんだわ。私も家に閉じこもっている生活から脱皮しないとね」と美代子は自身の心の中身と似つかわしくない言葉で、明るく振る舞った。

＊

「ただいま」美代子はご機嫌な気持ちで帰宅した。玄関のドアの音を聞きつけて、美月が小走りにやって来た。

「お昼はお済みになりました?」

「ジムで一緒の方と、たまプラーザ駅の近くでバカ話をしながら済ませました」

「この前、入会されたばかりなのに、もう、お友達が出来たんですか? 良かったですね」

「地元の方で、あざみ野にお住まいの、年頃も同じくらいかな、長話になり近いうちに我が家に遊びに来たいっておっしゃっていたわ」

「美代子さんは運動された後は、肌つやがよろしくてよ。やはり血のめぐりがいいんですかね。そういう時は化粧ののりもいいかもね。羨ましいわ」

「丁度、午後のお茶を悠真さんの事務所に、用意するところだったので、美代子さんのコーヒーも淹れますから、台所でご一緒しませんか？」

「ありがとう、いただくわ。荷物を部屋に置いたらすぐ行きます」

台所には、淹れ立てのコーヒーの香りが広がっていた。美月はちゃんと美代子の好みを知っていて、イギリス製の花柄のコーヒーカップに淹れてくれていた。いつも紅茶を好むことは知っていたが、三人分のコーヒーを用意した。そして念のため「今日は美代子さんにもコーヒーを淹れましたが、いいですか？」と尋ねた。

「たまに趣向を変えてみるのもいいかもね」

「良かった」

「先ほど、ジムでお知り合いになった方と食事をされたと伺いましたが、お互いに深い友達じゃないから、話が他人行儀になりませんか？　私なんか人見知りだから、先ず友達になるまでに時間がかかります。知らない人に話しかけるのって勇気がいるでしょう」

「私も同じよ。相手をよく観察してからでないと無理ね。今回は陽子さんという方の方から話しかけられたの、よく聞いてみたら現役のキャリアウーマンなの。やはり外で働いておられる方は視野が広いのね。そして観察力も光っているわ」

「私なんか気おくれしそうです。それに田舎育ちだし」

「そんなことないですよ。美月さんは十分、都会人、横浜の住人ですよ。人生の半分以上、この土地で生活されてきたから。東北育ちの人は、寒い冬の間、冷たい風に刺激されてるから肌目が細かく、色白だから自信を持ってください。すっぴんでも十分きれいだから、薄化粧されれば周囲も驚き、人生変わりますよ。悠真さんの見る目も変わって来るかも」

「男性には仕事で成果を出すためにも、適度な刺激が必要だと言いますからね。以前リハビリの先生にも言われました。マンネリ化の生活が良くないと。刺激は相手が感じることだから、程度問題ね。でも女性にとっても刺激は必要ですよね。あまり変化に富んで刺激が過度になると、問題も起こりますから」

「私は家にいても接する機会が少ないから、同居人みたいな存在に等しいわ」と同居人を強調して、美月の反応を見た。

「悠真さんは、今の仕事が自己完結型だから、事務所に閉じこもって仕事しているのが性に合っているのですね。特に確認したわけじゃないのですけど、車いすの生活が長く外部の方と接触することも少ないから、性格まで内向的に変化するんですかね。以前健康な時のラグビーをやっている動画を、拝見したことがあったけど、活動的でしたね。今の姿からでは想像もつきません」

「私は、昔を振り返らないことにしているの。過去は戻ってこないから。現実主義者なのね。美月さんとこうして、二人だけでお茶するのは初めてね。この家にもリビングがあるのにあまり利用しないのが不思議だったの。一般的な家庭では家族はリビングに集まってテレビを見ながら雑談しているでしょう。大人三人だけの生活って何か一味足りない感じ、多分子供ね。美月さんの小さい頃はどうだった?」

「家は、農家だったから、両親は朝早くから畑に出ていて、自宅に帰ってくれば風呂、そして食事、その後は昼間の疲れで、寝るのは早かったですね。テレビなど見るのは食事の時ぐらいだった。私も一人っ子で兄弟がいないから、両親と話をすることも少なかったです。だから兄弟のいる家庭が羨ましかったです」

「そうだったの。山形家からお話があったときは地元の大手スーパーに勤務されていたと伺っていたけど、本当は福島の郷里にいたかったんじゃない？　どちらが幸せか分からないけどね」

「母が病弱だったから、高校三年の頃までは母の世話をしなくてはならず、友達も少なかったです。だから地元で就職しました」

「お母さまのお世話も大変でしたね」

「母が亡くなった後、遠縁にあたる山形家から来ないか、とお誘いがあったときは、自分でもずいぶん、迷いがありました。知らない都会に染まりたくない自分と葛藤していたのです。感受性の強い年代を福島で過ごし、自分には空気が合っているように思えたのです」

「それで？」

「山形家はもとより、他の親戚たちも、福島にいても守るものがないから、横浜に行くことを強く勧められました。内々で横浜で大学に行かせるから、と言う誘いに最後は賭けて見ました」

「美月さんは五年で卒業したんですよね。昼間は悠真さんの介護をした後、学校に通ったのは立派ですわ、何を学んだの？」

「社会福祉科で、これからの老齢化する社会で、どのようにして豊かな生活が送れるかについて、興味があったので入学しました。現在、悠真さんの世話やリハビリにも役立っています。一方で四十代半ばになると、このままでいいのか、自分のこれからについて、不安を覚えることだってあります」

「よく分かります。ところで、美月さんは、こちらへ世話になった後で、自分の結婚を考えたことはなかったのですか？」

「悠真さんの世話を始めたのが、彼が大学四年生の時でしたから、最初は慣れない作業で大変でした。また私と同年配の人に交わることだってなかったですから。気が付いたら中年のおばさんになっていました」と言いながら美月は照れ笑いをした。

「美月さんは見た目が若く見えるから、これからだってまだまだチャンスがありますよ。先ほど山形家とは遠縁に当たるとおっしゃっていましたが、血縁関係は薄いのですね？

それだったら、美月さんが悠真さんと結婚する手もあったのでは？　私なんかよりずーっとお似合いのカップルだと思いますわ。邪魔をしてしまったかもね」

美代子は、冗談に紛らわしてつい本心がぽろっと出てしまった。

「美代子さん、冗談はよしてください。私、怒りますよ。でもね、義父がまだ健在だった頃に、悠真のことを頼むよ！　と私の手を握り、両手に力を入れて言われたことがあったの。まだ若かったので義父の手前、ハイとだけ答えるのが精一杯でした」

「多分、義父は障害者の悠真さんのことが心配で、身元もはっきりしている美月さんに託されたのよ。以前、お見合いの席で悠真さんに訊ねたことがありました。その時は美月さんとは少し年が離れた姉貴のような存在だ、とおっしゃっていた。でも男女の仲は環境やその時の立場でも変わるからね」

美代子は以前、自分が入浴介助を申し出た日の夜中の出来事を、遠回しに表現しようとしたが、美月に伝わったかどうか微妙な表情の変化を読み取ろうとしたが、分からなかった。

「私には兄弟がいなかったから、高校の時は男子のサッカー部のマネージャーをやっていたの。周囲は男ばかりだし、部室は男性ホルモンの異臭が充満していて、着替えの際に出くわすこともあり、男の裸には慣れっこになっていました。でも実際に悠真さんの介護で、入浴の時は、年下の男性と分かっていても、最初の時は抵抗がありましたよ。だんだんと慣れてくると男というより、ラグビーで鍛えた胸の厚い物体として、見えるようになってきたのです。不思議ですね。彼は私のことを当初、どのように思っていたか、そして変わってきたのか分かりません。介護を始めて、すでに二十年以上になりますから、悠真さんの体の隅々まで知っているつもりです。この点だけに限れば美代子さんより上よね」

「その点は負けてますね。この前、私が悠真さんの入浴介助をやりますと言った時、きっと美月さんは嫉妬したでしょう。私は後になって後悔したの。美月さんの領分まで入り込んだ自分が恥ずかしく思えてね」

「嫉妬と言うか複雑な気持ちになったのは事実です。でも美代子さんが出来るか見守りたいという意識に変わったわ。でも女って嫌ですね。悠真さんは美代子さんの主人であることを一瞬、忘れることだってあるのですね。私はただの家政婦、そして入浴の介助をしているだけなのに……」

「それだけ親身になって、お世話していただいている証拠ですよ。感謝しなくちゃね」

「私、いまだに理解出来ないことがあります。美代子さんがどうして障害があると知りながら悠真さんと結婚されたのか。何か特別な理由があるのか機会があれば一度、伺いたいと思っていました。美代子さんほどの美人なら引く手あまたでしょうと思うのが普通なのに、どうして」

「そうですよね。普通ならだれもが不審に思いますよね。以前お付き合いしていた彼がマザコンであった話は聞いていますよね。それ以来、男性不信に陥ってしばらく結婚という二文字を封印したんです。私には外資系船会社で勤務するという仕事があり、キャリアウーマンとして生きていこうと決心していた矢先、母親が今回の悠真さんの縁談話を人を介して頂いたの。もちろんラグビーの事故で障害を負ったことも聞いていました。怖いもの見たさというか、どんな考えの持ち主か確認してみたかったというのがとっかかりでした。

だから、会うまで結婚のイメージが湧いてきませんでした。仲介してくれた方が日程をどんどん決めてそのレールに乗っかって、見合い会場のホテルに伺った、というのが本当の姿です。美月さんに会ったのもその時が初めてですよね。悠真さんから『自由に趣味に生きてください』と言われた言葉に、魔法にかかったように、すごく惹かれました。昔のヨーロッパの貴族の夫人が、自由気ままな生活を送っている映画のシーンを思い浮かべ、これだ、とその場では納得出来たのです。だから、よくよく考えた末に決めたことではなかった。これが言われもない本心ですね」

「今日現在、美代子さんの思いは達成されていますか?」

「確かに自由はあるわ。そして趣味の中で一つ、パステル画の教室に通ってる。その他にフィットネスジム、これは趣味とは違うけど余暇の利用方法の一つかも。時間がありあまるぐらいあるけど上手く使いこなしていない。瀬戸内寂聴さんが説法の中でよく言う一節なのだけど『孤である人間は一人では何も出来ないけど、恋をして伴侶を得て孤から抜け出せるのだね、だから友人がたくさんいた方が幸せともいう』私も仕事をしていた頃は、ある時間帯は拘束されている中での自由を楽しんでいた。その方が貴重な時間を使っているという、自覚があるから時間を無駄にしなかったような気がする」

「私は悠真さんの日常の世話、そして決められた日時のリハビリなど、ある程度時間管理がされているから充実感はありますね。但し、将来に対する不安感はどうすることも出来ないけど」と将来の人生設計が出来ていないことを、暗に美代子に訴えているようだった。

美代子も美月が不安心理を少し口にしたことで、自分の置かれた立場の空虚さも腹に溜めていないで吐き出した。

「私には自由は一杯与えられているけど、心が満たされていない。そんな空腹感が常にあるのが今の自分。贅沢だと言われるかもしれないけど。美月さん分かってくれます?」

美代子は普段、美月に対して弱気の部分は見せなかったが、少し訴えるような表情を見せて現在の自分の心境を伝えようとした。

「側から見ていると、夫婦という関係より、以前おっしゃっていた同居人の関係性が強いように思います。家の中だけの生活で活発な会話を望む方が酷かもしれませんが、山形家には音が少ないと思います。もちろん日常の会話も音として表現したのですが。大事なことを忘れていました。お二人は恋愛関係から出発されていないことにも会話の少なさがあるのかもしれませんね。このように生意気な意見を言っている自分もこの先、どんな生活が待っているか、想像するだけで恐ろしいですね」

「美月さんの意見は、的を得ているかもしれません」

美代子は身近な他人に心理分析をされ、自分の心を見透かれているようで、この先美月から何を言われるか不安になり、早くこの場から離れたくなった。

「普段、美月さんとはこんなにお話をしないのに、今日はお付き合いしていただきありがとう」

「私も楽しかったです」

「悠真さんには内緒にしておきましょうね」

*

今日は昨日からの雨がまだ残っていて、朝から晩秋の雨とでもいうのか、外に一歩出ると肌寒く感じられた。美代子は小雨が降る空を見上げながら、折り畳み傘を開き駅の方角に歩き始めた。こんな雨の日にジムに行くのは気が進まなかったが、家にいても気がまぎれないと思って気持ちを切り替えた。

いつものエアロビクスのクラスは、天気の日よりは幾分、参加者が少ないように感じたが、陽子さんは休日シフトがこの日になったのか、早々とフロアで準備運動よろしく体を動かしていた。定位置に美代子が来たのを見届けて「おはよう。雨なのに御苦労さま」と声を掛けてきた。「陽子さんも頑張っておられるわね。先日はありがとうございました」と一応社交辞令ながらの御礼を述べた。

「私は今日は、この前出来なかった分までたっぷり汗をかくつもりです。この後のクラスのホットヨガもしっかりやって、体の中の毒素を全て吐き出してきます」

「あら、そんなに汚い毒素が溜まっているんですか？　それなら美代子さんから少し距離をとった方が良さそうね」と屈託のない笑い声を上げた。

「そうそう、先日会社の健康診断で血液検査や尿検査では何も異常値は見つからなかったのですが、骨密度の測定では何と、三十五歳相当というい い結果が出て嬉しくなりました。きっとこうして運動をしている効果が現れるんですね。結婚すると女性は検診のチャンスが少なくなるでしょう。だから美代子さんも二年に一度ぐらい横浜市の定期健診を受けた方がいいですよ」

「そうね、何年も受けていないから考えてみようかな。陽子さんは現役バリバリのキャリアウーマンだから、体が若いんですよ」

「もう始まるわね。インストラクターの先生が見えたわよ」

「じゃあ、またね」と言い、スタンバイした。

雨のせいで湿度も高く、体の動きがいつもより重いように感じたが、リズムに合わせ体を動かしていると、あっという間に終わってしまった。美代子はたっぷり汗をかいた体をタオルで拭きながら、次のホットヨガのクラスへ移動するので陽子と別れた。

ホットヨガの最中も水分補給は欠かさず、ペットボトル一本は飲み干していた。脱水症状に注意とインストラクターからはプログラム中にもチェックが入るので助かる。それにしても汗の量は半端ではないくらい、次から次へと湧き出してくる。先ほど陽子さんに毒素が出てくると言った手前、汗の匂いを嗅いでみた。確かに日常少しの運動でかく汗の匂いと少し違うように感じた。

美代子はいつものようにサウナと湯船で体をクールダウンさせながら辺りを見渡したが、陽子さんの姿はなかった。きっと彼女はプールにまだいることだろうと思いながら、化粧室で保湿クリームをたっぷり付けて、上機嫌でフロントに向かった。

背後から「山形さん」と言う男性の声で振り向くと、浅黒い顔に髭をはやした男だった。立ち止まって不思議そうにしていると「緑園の大園ですよ」で初めて「あら！」と声を発した。その時、美代子は初恋の人にでも会ったように、少し上気したのを隠すようにしてフロントにロッカーの鍵を慌てて返却した。

大園は近づいてきて「奇遇ですね。いつからこのジムへ？」との問いかけに

「つい最近からですよ。でも、背後からよく気が付きましたね！」

「後ろ髪の形で分かりましたよ。それにしても顔の肌つやが光っていますよ。サウナに入られました？　ご無沙汰しています。こんな所で会うなんて神様の導きですね」と少しキザなセリフを言い、続けて「今年の春の剪定以来ですね。お元気そうで何よりです」

「大園さんは、今日、お仕事は？」

「ほら、今日は雨ですよ。植木屋には殺し屋みたいな天気ですよ。家まで送りますが、途中カフェに少し寄っていきませんか」

美代子にしてみればカフェでお茶ぐらいは、断る理由もないので「少しぐらいならいいですよ」と冷静に返事した。

「山形さんは、いつ見ても美しいですよ。ご主人もお変わりなく、そして家政婦さん、名前なんて言いましたかね」

「美月さんですよ」

「そうだった。元気ですよね」

「おかげさまで」

「駐車場から車を出してきますから、ここで待っていてください」と言い、大園は早足で車を取りに行った。まもなく見覚えのあるシルバーの高級車が玄関に横付けされた。

大園は、手慣れた仕草で助手席のドアを開けて、美代子を案内した。

「数分先の所にカフェがあります。丁度たまプラーザ駅とは反対方向だから、地元の人が主で、あまり混んでいないんですよ」

「大園さんはいつからジムの会員になられたの？」

「一年ぐらいになるかな。私の場合、仕事がら休みが不規則だから。比較的雨の日の利用が多いですね。梅雨の時期は月の半分ぐらいはジム通いでしたよ」

「ここです」と言って、比較的広い駐車場に車を停めた。住宅地の中にポツンと建つ、山小屋を模した建物だった。

美代子は車から降りて、物珍しそうに周辺を見渡し、「駅から少し離れた所にこんな田舎風景があるのですね」と言いながら遠くに目をやり、畑が広がっている景色に見とれていた。

「どうしました？」と大園が美代子の顔を覗き込むように訊ねた。

「新興住宅地はこうした緑地を犠牲にしているのね。私たちはここで生活できることに感謝しなくちゃね」

「急にどうされましたか」

「都会生活に慣れてばかりいたから」

建物の外見は山小屋風だったが、一歩店内に入ると、明るく広々とした空間が広がっていた。

「いらっしゃいませ」の若い女性店員の案内で窓際の席に通された。

椅子に座ると、大園が「突然ですが、年末の木々の剪定はどうされますか？昨年よりは一か月ほど遅れています。気になっていたので、連絡を入れようと思っていた矢先でした」

「そうでしたね、私は暇なくせにそこまで気が回りませんでした。日程はお任せします」

「そう言っていただければありがたいです。後日、日程調整して連絡します。今年の五月に弟子を一人雇ったんですよ。小松良介といって二十四才の若者です。彼は大学を卒業してから大手の食品会社に就職したんですが、仕事が単調で将来像が見えてこない、と生意気なことを言って、何か技術を身に付けたいと考え、たまたま通りかかった私の軽トラ側面の社名〝緑園〟を見て応募してきた変わり者なんです」

「変わり者が二人で、上手くいくのじゃありません」

「奥さんは冗談きついですよ。変わり者は一人で十分ですよ」

「二人で、仕事は成り立つんですか？」

「そこなんです。新規事業も始めたんです」

「新規事業？　飲食関係ですか？」

「雨の日でも仕事が出来る、これからの老齢社会に向いている作業」

「ということは、年寄り家庭が対象？」

「そうとは限らない。若い人の家庭でも、花は好きだけど、土いじりが苦手、という家庭も対象にしている」

「謎解きみたいだけど、ぼんやり分かったような気がする」

「軽トラの車を改造して、屋根付きの作業部屋を設けるんです。そこで土や肥料など必要な資材を積み込んで、お客様の花の要望を伺い、また、植木鉢の土の入れ替えなどもやるんです。主に天候の良くない、植木の剪定と被らない日に、作業を集中して行う。夏以降、各家庭にポスティングして反応を見ましたが、いい結果が出ました。先ほど弟子の小松のことを言いましたが、彼は大学が農学部出身で、彼自身も花に興味を持っていたんで、ラッキーでした」

「うまく事業が運べばいいですね」

「今度剪定に伺う時は二人で行きますから、二日間で終わると思います」

「小松君とね」

「ここのカフェはチーズケーキが評判なんです。美代子さんは紅茶でしたね」

「あら、私の名前を憶えてくださっていたの」と言いながら少し顔を赤らめた。

「もちろんですよ」

大園は、右手で合図して、店員さんが来るのを待った。

店員さんが「チーズケーキは生にしますか？　ベイクにしますか？」と聞いたので美代子は「私は生」と即答した。

大園が「さすが通ですね」と目線を上げて美代子の顔を見た。

「ジムで見かけたとき、正直何と声掛けすべきか、一瞬躊躇しました。しばらく会ってなかったので、山形さん、奥さん、そして美代子さんとね。奥さんは誰を呼んでいるのか分かりませんからやめました。美代子さんと呼ぶのは植木屋の分際では何事かと思い、山形さんと声を掛けたのです」

「そんなつまらないことで悩まれたのね。私は美代子さんと呼んでいただいた方が嬉しかった」

「そうでしたか。僕はまだ美代子さんとの距離を置いていますね。ずる賢くなれないんですよ」と照れ笑いを作り、自分の気持ちを素直に晒すことが出来なかった。

「ところで、大園さんには、誰かいい人との出会いがありました？」

「いや、それが全然ないんです。こんな仕事をしているから若い適齢の女性と遭遇するチャンスがないものですから。それと今の仕事を早く安定させて軌道に乗せ、以前からの夢であった総合的でクリエイティブな造園業を目指したいのです。今回の軽トラでのお花の植え替えビジネスもその一歩で、もっとデザインを提案する庭師の仕事を広げたいと思っています。だから結婚は二の次ですね。美代子さんのような人が現れるのを待っています」とストレートに美代子のような女性が理想であることを、言ってはみたものの、他人の妻であることは承知の上で、好意を持っていることを伝えたかったのだ。

「夢は大きいのですね。早く実現するといいですね。私なんか時間が売るほどあるんだけど、何一つ有効に活かしていないのが悩みですね。このままでいいのか時々自問自答することがあります」

と大園が言った結婚の理想の相手のことには、わざと反応を示さなかった。

「ご主人の身の回りの世話はこれまで通り、家政婦さんに任せきりですか？」

「私には無理だと分かりました。入浴介助も一度だけトライしましたが、男性の重い体を自由に動かすことなんて無理でした。その点、家政婦の美月さんはすごいですね。私より小さな体なのに無理なくこなしますから。美月さんには頭が下がりますわ」

「例えは悪いが美代子さんは居候の身ですね」

「そう、同居人なのよ」と大園にぶっきらぼうに言った。美代子の口から同居人という言葉がすんなり出ることに、大園は男の勘で、山形家の夫婦には愛が存在しないのではないかと感じた。どこか夫婦間に隙間でもあれば入り込みたい気持ちがあった。

「美代子さんは結婚を意識した原点は何だったのですか？」

「結婚を考えたとき、自由に趣味に生きるというセリフに、何か城のお姫さまをダブらせていたのね。私には少女趣味の幻想はなかったけど、あの時は心のどこかに空洞があったのよ。トラウマになっていたマザコンの昔の亡霊を消したかったのかも……」

「空洞ね。でも面白いことを言いますね。ぽっかり空いた穴ですものね」

「その空洞をどうして急いで埋めようとしたんですか？」

「神様の導きなんです。隣人愛を説いたキリスト様の救いだったのです」

「美代子さんはクリスチャンの学校でしたね」大園は自分には理解しにくい世界だと思いながらも、心の空洞を埋めようとした美代子の心理状態の一端が分かるような気がした。

以前にも、マザコン男との別離の話は聞いていたが、女性の二十七才から二十九才までの貴重な年代を結果的に無駄に過ごしてしまったことを後悔しているのだろう、と彼女の立場になって考えようとした。

「大園さんもいつまでも独身を貫くわけにはいかないでしょう。これから事業も手広くする夢があるなら、尚更、今のうちに身を固めた方がいいですよ」

「分かっています。証券会社時代もそうでしたが、男性の結婚年齢が高かったですね。異性との触れ合いの場が少ないし、どうしても上を見てしまうのですね。もちろん美代子さんのような方が現れれば別ですが」

「ほら、最近はやりのマッチングアプリがあるじゃない。やってみたら」

「出会いのシチュエーションがどうも自分には合わないみたい。古い人間なのですかね。スマホにアップされた写真で、第一印象を判断するんでしょう。今の技術は写真にも加工が出来るから怖いですよ。もし初対面でどこかで会うことになった時、写真と現物がかけ離れていたら、私は逃げ出してしまいますよ」

「あら、気が小さいのね。髭をはやしている風貌に似合わないわ」

「今の若者みたいに割り切れませんよ。それから髭のことなのですが、そろそろ卒業しようかなと思っています。三十代の若い頃は少し背伸びをして、少しでも年上に見られたいという願望がありました。でも今の年になると素で勝負したくなったのです」

「それはいいことかもしれない。でも私は、髭をはやした大園さんは好きですよ。昔の彼と雰囲気が似ていたから」

「じゃあ、やめようかな。美代子さんのためにも」

「何を言っているんですか。男が一度決めたことはやり遂げるのよ」

「恋愛にも似たところがありますね。一度好きになった人をどこまでも追いかけることは、若い時にしか出来ない一種のこだわりです。もうそんな年でもないですね。美代子さんを目の前にしてこんなことを言うのは少しキザですけど、出来ることなら、ご主人から奪い取りたいです」

「急に何をおっしゃるの。でも好意を持ってくださるのはちょっぴり嬉しいけど、非現実的ね」

「一時の夢を抱いただけでも幸せです」

「気持ちだけでもありがたく頂戴します。私の胸の貯金箱に大事にしまっておきますね」

美代子は面前で恋の告白を受けたのも久しく、結婚している身で複雑な気持ちになっていた。

大園が「スポーツジムへの入会は最近でしたね。どんなレッスンを受けているのですか？　新たに友達は出来ましたか？」

「私は、新人だから先ず、エアロビクスの初級とホットヨガを受けているんです。普段体を動かしていないから、無理のない緩めの運動で、どちらも楽しいです。エアロビクスの初級のクラスで、篠田陽子さんといって私と同じ年頃の方と気が合って、この前もたまプラーザ駅でお茶をご一緒しました。彼女はキャリアウーマンで、仕事をバリバリやっている、魅力的な女性で、離婚した影なんかどこにも感じさせないで尊敬しています」

「美代子さんも昔に返って、仕事がしたいんじゃありません?」大園は美代子の心の底を見透かしたように直球を投げ返してきた。

「そんな風に見えました?」

「美代子さんは輝いている方がお似合いですよ。広い屋敷の中でくすぶっているだけじゃ心が満たされないでしょう」と少しいたずらっぽく顎鬚を撫ぜながら、美代子の顔を覗き込んだ。美代子は、自由はあるけど心が満たされていないことを他人から指摘されたことに少し驚き、心の内を見せまいとテーブルに左ひじをつき、その手で頬をそっと撫ぜる素振りをした。

「先ほど、満たされないとおっしゃいましたよね。私には何が不足しているのか自分でもはっきりした姿がつかめないのですよ。だから気持ちの焦りで何かをしなくては、と思いパステル画の教室やフィットネスジムに通い始めたの。それでも心は満たされていないと感じています」

「美代子さんは外で働いている姿が一番美しいと思いますよ」大園は昔の証券会社勤務で大勢の顧客と接してきた経験から、彼なりの分析をした。

「大園さんは心理分析もなさるのね。的を得ているといいのですが、参考にさせてもらいます」

「僕は美代子さんに幸せになってもらいたいのですよ」

「私って不幸せな女なのでしょうか？　最近自分でもこのままの生活でいいのか自問自答することがあります。不幸であると思ったことはないけど、一日が終わり、一人、浴槽に浸かっている時、お腹が満たされていない空腹感みたいなことを、感じる時があります」

「美代子さんは、飾り物のお人形様なんですよ。ご主人にとっては家にいてくれるだけで丸く収まる存在として、貴女に自由を保障している。だからご主人は美代子さんとの日常会話が少なくても、家政婦の美月さんとは日々の介助の場で、情報交換は出来ているから特別に不便を感じていないのかもしれない」

　美代子は大園なりの分析に黙って聞いていたが、あまりにも自分が置かれた立場をよく表していると思い、急に胸が締め付けられるようで、苦痛の表情で、しばらく黙り込んでしまった。

「美代子さん、どうかされましたか？　少し顔色が冴えないですよ。何か気に障るようなことを言いましたか？」

「気になさらないでください。これまで自分でも不可解なこととして、わざと触れたくなかったことを今日、大園さんがズバリ指摘されたので、胸にとげが刺さったように一瞬、息苦しくなったのです。これまで触れたくなかった部分なので、今晩見つめ直してみます」

「僕は余計なことを言いましたね」

「気になさらないでください。せっかくのお茶が不味くなりましたね。出ましょうか」

美代子は急に無口になり、カフェを後にした。

＊

自宅に戻ってからも自室に閉じこもり、大園から言われた「美代子さんはお人形様の存在ですよ」という言葉の響きが気になって、ベッドに横になりながら、ぼんやりと天井を眺めていた。その時、スポーツバッグの中から鈍い携帯電話の着信音が聞こえた。

ベッドから手を伸ばしバッグからスマホを取り出し、発信者が花帆であることを確認して、急いで耳に当てた。「美代子です。花帆！　どうしたの？」

「今の時間、大丈夫？」

「さっき、スポーツジムから帰ってきたところなの。自分の部屋でくつろいでいたところ。どうかした？」

「いや、この前、三人で会った時、美代子の様子が少し変に感じたので、それ以来、気になっていたの。だから、どうしているかな、と思って電話してみたの」

「心配してくれて、ありがとう。どんなところが気になった？」

「美代子が、家庭内で同居人と言ったり、ご主人との間で会話がないとか、家政婦さんとの仕事分担で悩んでいたり、普段の明るい美代子に無い、暗い影の部分を感じたの。違ってたらごめんね。余計なおせっかいだから」

「花帆の見立ては遠からず当たっていると思う。私って、そんなに暗く映った？　私が悩んでいることは事実。でも、核心に触れる部分は親しい友人でも心の内を明かすのをためらうことだってあるでしょう。だから、遠回しの表現になってしまったのかもしれない」

「そうか、深い悩みなんだ。お母さまには相談したの？」

「まだ。もし相談しても、聞いてはくれるけど、結局、いい年なんだから自分で決めなさい、と言われそう」

「テレビの事件ドラマでも、現場にいる人が全てを把握しているから、結局現場で解決するしか方法が無いのよね。でも、何かのヒントになるかもしれないから、私で役に立つことがあるのなら、連絡して。ところで、たまプラーザのスポーツジムに入った？」

「もう何回も利用しているよ。エアロビクスの初級とホットヨガをやっているの。体を動かすのは楽しいね。同年配のお友達も出来たし。その方は篠田陽子さんといって、キャリアウーマンなの。生き生きしている姿をみて羨ましく感じたね」

「その方は、結婚されているの？」

「それが、ご主人と陽子さんの仕事の継続のことで、生き方が違うなって離婚されたの。今は第一線でバリバリやっているのが魅力的ね」

「美代子も、その陽子さんに感化されて昔の仕事が懐かしくなったんじゃない？」

「のびのびと生きている人の姿は魅力的ね」

「最後に明るい話を聞けて良かったわ」

「花帆、ありがとう。気持ちをしっかり持って解決するわ」

花帆と短い時間だったが、悩みを共有してくれる友人がいることに感謝しながら、電話を切った後、再びベッドに横たわり、瞑想にふけっていた。目を閉じていると二年前、母親の知人から縁談話が持ち掛けられた時、障害者であることを知っていて会うことの決断をした当時の気持ちを振り返りながら、どうして会ってみようとしたのか気持ちの変化を確かめようとしたが、明確な意思が思い当たらなかった。そして山形悠真さんから言われた「自由にそして趣味に生きてください」に素直に反応したのか、催眠術にかかったような状態にいた自分を今、冷静に見つめ直すことが出来ている。午前中のフィットネスジムでの運動の疲労感で、普段ならベッドに横たわり目を閉じればすぐに眠りモードになるが、今日は長い時間目を閉じていても次から次へと映像が浮かんできて、美代子に冷静な判断を促しているようだった。

自由はあるけど時間を有効に活用しているか、と問われれば、答えはノーだ。

自分が欲した自由でないから……。趣味だって没頭出来るほどの物は持ってない。だから自由と趣味は体が欲していない、きれいごとの言葉だけだったような気がする。

結婚という名のもとに一軒の家に住んではいるが、そこには人様に言えるような愛が存在していない。愛情の形は当初なくとも、生活を通して少しずつ芽生えてくることもあると聞く。しかし日常の生活は、家事全般と悠真さんの介助は全て家政婦さんの役割で美代子が入っていく隙間がない。子供がいない家庭だから猶更、家事仕事を分担するだけの仕事量がないからだ。

美代子は心の中で「私は同居人だ」と叫んでいた。

このままここに同居していても、私も悠真も、美月も幸せになれない、と結論付けた。

そしてこれまで仰向けに横たわっていた体を横向きに変化させた時、目じりから一筋のしずくが頬を流れた。

「今晩、悠真さんに話そう」

＊

美代子が自室でただ漠然と時間を過ごしていたところに、美月が「夕飯の用意が出来ました」と声を掛けてくれたので、本棚の整理をしていた手を休め、お腹に手を当てて今日のお昼ご飯を抜いたことに気づき、急ぎ足で台所に向かった。食卓に置かれた鍋からは白い湯気が立ち上っていた。美月が「今日は寒いので鍋にしました」と言い、続けて「美代子さん、お好きでしょう?」と問いかけた。美代子は「もちろん大好きです。実家でも母がよく作ってくれました」と笑顔で答えた。

そこへ悠真がゆったりとした運びで、車いすでやって来た。「いい匂いがするね」

「ハイ、寄せ鍋なんです」

「寒い季節にピッタリだね」と悠真は二人の顔を見ながら、嬉しそうな表情を見せた。

美代子は先ほどまでの自室のベッドで見せた、思いつめた表情は表に見せまいとして出来るだけ作り笑いを装った。そして心の中で今日が最後の晩餐かとつぶやいた。

食事の後、しばらく居間でテレビを見ながらくつろぎ、悠真が入浴を済ませた後、美代子もいつもより早めの入浴を済ませて自室にて悠真に話をするタイミングを計っていた。

自室に掛かっている時計が九時の時報を知らせていた。美代子は隣室のドアを軽くノックした。

「ハイ」と悠真の声がした。

「いいですか?」

「どうぞ、入って」の声で、美代子は神妙な面持ちで入った。そして「お話があります」と告げた。

悠真は突然だったので、表情を硬くした面持ちで「どうしたの?」と小さな声で応答した。

美代子は涙声で絞るように「私の我がままを許してほしい。この家には私の居場所がないんです。結婚する時、貴方が言われた『自由に趣味に生きてください』という言葉が魔法のように響いたのです。でも現実はあるだけの自由を使いこなせていません。そして趣味にも限界を感じています。悠真さんのお世話も出来ない自分が恥ずかしい。ただの同居人に思えるのです。だからこれからは迷いながらも自分で生きる道をもう一度探し、再出発したいと考えています」

「……そこまで思いつめていたのか。私はこんな体だから、負担をかけまいとしていたんだよ。君がそこまで思い悩んでいることに気が回らなかった。済まん」

「いいえ、悠真さんに対して不満はありません。自分自身の適応力なんです。家事全般と介助は全て美月さんがなさり、私は山形家の同居人に過ぎないのです。美月さんで私の代役は十分務まります。私を実家に戻してください」美代子はここまで言うのが精一杯で、最後は半泣き状態で言葉も聞き取れないぐらい乱れていた。

悠真は美代子の真剣な訴えが心に届いたのか、しばらく沈黙が続いた後、一言「分かった」とだけ言って、ゆっくりと車いすを反転させた。美代子は一礼して部屋を出た。

自室に戻った美代子は張り詰めた状況から解放されたように、疲れがどっときてベッドにうつ伏せに倒れ込んだ。

しばらく静寂の時間が経った頃、美代子のスマホに着信メールの震えるような音がした。

ゆっくりとデスクに置いていたスマホを手に取り、メッセージアプリを開くと、大沢部長からだった。外資系船会社勤務時代の上司で、退職してからは年に数回連絡がある程度だった。

メールの内容は、会社の業務拡大で、今回北米航路の代理店業務を来年三月から開始することになり、経験者の補充が急務になり、美代子に戻ってほしいとのことであった。

美代子は「ありがとうございます。明日返事差し上げます」とだけメールを返信した。

横浜の実家に戻っていた。美代子は明日からの出社に際して何を着ていこうか迷っていた。そんな時、母が「明日は寒いらしいよ。木枯らしが吹くと言っていたわよ。温かい服装で行きなさい」

「風邪を引いたらシャレにならないからね。そうするわ。ベージュのコートを羽織っていくつもりです」

「なんだか新入社員の入社みたいね」

「二年振りだからね」

美代子が戻ってきたことに母も心なしかどことなく嬉しく思っていたようだ。

翌日の朝、いつもより早めに家を出た。東京駅までの通勤電車の社内は混んでいて、通勤電車の新鮮な匂いを感じていた。そんな時、スポーツジムで知り合った陽子さんの事を思い出していた。彼女のキャリアウーマンとしてはつらつと仕事をしている姿に感化された部分もあるかもしれないと、短い期間だったけど有意義な時間を持てたことを懐かしく思っていた。

東京駅丸の内北口の改札を出ると高層ビルが林立している職場の玄関口だ。

横断歩道で車いすを押している老夫婦に目が留まった。通勤の大勢の人たちに紛れてゆったりとした車輪の回る様子を、横断歩道を渡り切るまで見届けた。

悠真と美月さんの顔が二重写しになった。老夫婦は歩道を渡り切った所の大手書店のビルの前を右手方向に向かっていった。

美代子は左手方向に足早に大手町の事務所に向かった。

【著者紹介】

松村勝正（まつむら かつまさ）

1960　兵庫県立姫路工業大学付属高等学校卒

1965　東海大学電子工学科卒

1965　日刊工業新聞社　入社

1967　英国資本　ドッドウエル社入社

1989　12月　テクノアルファ株　設立　代表取締役

2007　10月　ジャスダック　株式上場

2013　12月　テクノアルファ株　引退

2017　12月　小説「沈黙の果実」　文芸社出版

2018　6月　小説「夢に日付を入れた男」　文芸社出版

2019　3月　小説「夢のアラカルト」　文芸社出版

2020　1月　小説「失踪と絆の間で」　幻冬舎

2020　7月　小説「怨念を抱いて遥かなる大地へ」　文芸社出版

2020　11月　小説「揺れ動く女の「打算の行方」」　幻冬舎

2021　7月　小説「たそがれ時　おまけの人生と生前葬」文芸社

2022　1月　小説「裏切りと苦悩のはざまで」文芸社

迷《まよ》いながら揺《ゆ》れ動《うご》く女《おんな》のこころ

2022年10月5日　第1刷発行

著　者　　松村勝正
発行人　　久保田貴幸

発行元　　株式会社 幻冬舎メディアコンサルティング
〒151-0051　東京都渋谷区千駄ヶ谷4-9-7
電話　03-5411-6440（編集）

発売元　　株式会社 幻冬舎
〒151-0051　東京都渋谷区千駄ヶ谷4-9-7
電話　03-5411-6222（営業）

印刷・製本　シナジーコミュニケーションズ株式会社
装　丁　　次葉

検印廃止

Printed in Japan
ISBN 978-4-344-94070-3 C0093
幻冬舎メディアコンサルティングHP
http://www.gentosha-mc.com/